Oh Schimmi! Wie kann einer sich bloß derart zum Affen machen? Sich so blöd anstellen beim Zappen durchs Fernsehprogramm und auf seinen Wegen durch die Bars und Nagelstudios der Großstadt? Ständig auf der Suche nach der nächsten Liebe, meistens im falschen Augenblick unterbrochen vom Handyläuten der eigenen Mutter …

Teresa Präauer hat ein sexuell aufgeladenes, extrem komisches und brutal hartes Buch geschrieben, das unbedingt laut gelesen werden sollte mit viel buntem Kaugummi im Mund. »Oh Schimmi« ist Liebesreigen und Taugenichtsgeschichte, ein Buch über die unscharfe Grenze zwischen Mensch und Affe, gemacht aus den Bildern und Codes des 21. Jahrhunderts.

TERESA PRÄAUER, geboren 1979, ist Autorin und bildende Künstlerin und lebt in Wien. Ihr Debütroman wurde mit dem aspekte-Literaturpreis ausgezeichnet, ihr Roman »Johnny und Jean« für den Preis der Leipziger Buchmesse nominiert. Sie schreibt regelmäßig für Zeitungen und Magazine über Kunst, Mode und Pop.

Teresa Präauer

OH SCHIMMI

Roman

btb

Verlagsgruppe Random House FSC® N001967

1. Auflage
Genehmigte Taschenbuchausgabe März 2019,
btb in der Verlagsgruppe Random House GmbH,
Neumarkter Straße 28, 81673 München
Copyright © Wallstein Verlag, Göttingen 2016
Covergestaltung: Adaption semper smile, München, nach einem
Entwurf von Teresa Präauer und Wolfgang Gosch/
© Wallstein Verlag, Göttingen 2015
Covermotiv: Das Buch der Welt,
Hoffman'sche Verlagsbuchhandlung, Stuttgart 1843
Druck und Einband: GGP Media GmbH, Pößneck
cb · Herstellung: sc
Printed in Germany
ISBN 978-3-442-71670-8

www.btb-verlag.de
www.facebook.com/btbverlag

OH NO!

Was erzählt man sich über die internationalen Weltstädte? Indien, Afrika, Asien! Dass dort die Äffchen die Stadt regieren und dabei nichts anderes tun, als die Menschen zu ärgern. Indem sie den Menschen Sachen stehlen, die Mülltonnen durchwühlen, sich schlecht benehmen. Und hässliche Graffiti sprühen. Aber, so sagt man, diese Affen sind auch ziemlich cool und ziemlich vorwitzig.

Es kann also vorkommen, dass ein Reisender, der in Flip-Flops und Safarihose an der hoteleigenen Pool-Bar sitzt, sich schon morgens einen *Blue Curaçao* bestellt, dass er endlich wieder einmal, anstatt immer übers *Tablet* zu wischen, die internationale Tageszeitung auffaltet, sich die Sonnenbrille ins Haar schiebt, einen kräftigen Schluck nimmt, dass er die Lektüre der politischen Nachrichten hintanstellt, den Chronikteil und die Motorsport-Beilage stattdessen vorzieht, im Weiteren nach dem Stück Ananas und der kandierten Kirsche an seinem Cocktailglas greifen will und plötzlich, unerwartet, einem felligen Äffchen an den Steiß fasst, das, jetzt sieht er es!, doch tatsächlich seine kleinen Greifhände um die beiden Obststücke gekrallt hat und so, mit unmissverständlicher Geste, die neuen Besitzverhältnisse deutlich macht.

Wollte der Reisende, über diesen bescheidenen Vorfall zuerst erheitert, dann zunehmend verärgert, seinen *Blue Curaçao* mit den frischen Eiswürfeln und dem schwarzen Trinkhalm zurückerobern, »es handelt sich doch bloß um ein kleines Äffchen, das verscheucht gehört, besser noch erschlagen!«, so wird er sich im Verlauf dieses Vorhabens die sprichwörtlichen Zähne an seinem Gegner ausbeißen.

Er wird seine Zeitung fallen lassen, wird beim Sichdanach-Bücken die Sonnenbrille verlieren und wird sich beim Aufrichten den Kopf an der Tischplatte stoßen. Das Äffchen wird sich trollen, nämlich vom Tisch weg und an den Rand des Pools, erst verschreckt, stets jedoch Ananas und Kirsche fest umschlossen. Der Reisende, jetzt ehrgeizig geworden und sich von den anderen Hotelgästen beobachtet wissend, wird dem dreisten Dieb hinterher hechten, er wird dabei freilich, freilich!, auf den vom Äffchen gerade fallen gelassenen Obststücken ausrutschen, er wird so, unter dem lachenden Beifall der Schaulustigen, in den Pool stürzen, wird erst unter- und dann, mit hochrotem Kopf, an der Wasseroberfläche wieder auftauchen, gerade zur rechten Zeit. Zur rechten Zeit nämlich, um beobachten zu können, wie das Äffchen seinen Platz an der Sonne einnimmt, genussvoll die internationale Tageszeitung in der linken, den Cocktail in der rechten Hand, den schwarzen Trinkhalm grinsend bereits zwischen die blitzenden Zähne gesteckt.

Nun, bei unserem Schimmi liegt der Fall nicht ganz so wie bei jenem Äffchen. Der Schimmi nämlich mag beispielsweise überhaupt kein frisches Obst und Gemüse. Er würde den *Blue Curaçao* trinken, ohne sich um die Ananas zu balgen, und er würde die Eiswürfel dazu lutschen. Er würde vielleicht noch versuchen, durch den schwarzen Trinkhalm in der Waagrechten hindurchzuspucken.

Bei alldem bliebe der Schimmi doch ein Mensch, mit Dollars in der Hose und einem Hemd dazu, das er aufgeknöpft trägt bis zur Brust, wo ein beachtliches Stück Fell zum Vorschein kommt.

Fell? Nein, sehr helles Brusthaar, das, zu manchen Tageszeiten, rot glänzt. *Das Gras wächst, die Vögel fliegen, und Wellen schlagen ans Ufer,* sagt man. Und was macht der Schimmi währenddessen? Er lacht, und seine Zähne blinken, nein schimmern so golden aus seinem Mund.

NINNI

Wo ich Ninni zum ersten Mal gesehen habe? Im Dschungel der Großstadt! Nicht in Indien, nicht in Afrika, nicht in Asien, aber doch in einer sogenannten Weltstadt. Mehr sage ich dazu nicht, sonst kommt noch einer angereist. Nur so viel, ich wohne in einem Apartment im obersten Stockwerk, es mangelt, wie man so sagt, an nichts.

Ob ich den Luxus mit einem Mädchen teile? Nun, es ist zu erwarten. Haben?! Kann ich jede. Sieh dir allein meine Schuhe an! Ich will aber nicht jede, denn ich kann's mir aussuchen. Ninni oder keine. Maguro vielleicht. Zindi vielleicht. Guadalupe? Nein. Yu-Mei Chow? Nur im Rotkäppchenkostüm! Nein, Ninni oder keine. Die anderen sind bloß zum Üben. Wie oft? Mehrmals am Tag, mehr-mals-am-Tag.

Derweil habe ich ja noch meine Mutter bei mir. Ja, ich kümmere mich um sie. *Oh no!*, sie führt nicht den Haushalt, dafür haben wir Personal eingestellt. Wofür das zuständig ist? Allfälliges. Saugen, wischen, putzen.

Ob das Personal viel zu tun hat? Nein, bei uns ist alles abgedichtet gegen den Dreck der Großstadt.

Die Luft? Kommt über die *Aircondition*. Manchmal kommt darüber doch ein Käfer mit. Oder eine Fliege. Durch den Luftschacht.

Nein, die wird dann weggesaugt. Mit einem *Mini Hoover.* Einmal hat der graue Beton in der Wand einen Sprung bekommen. Ja, ein Grashalm ist dort gewachsen, kräftig, beinah wie ein zartes Ästchen.

Der Lebensstil? Die *americänistische* Art. Ja, so leben wir hier. Bekommt man alles als Importware.
Was? Na, alles. *Plantain Schips!* Die gesalzenen und gerösteten Kochbananen mit dem Kakadu auf der Verpackung.
Nein, ich esse kein frisches Obst und Gemüse. Die Ladies sind meine Früchte, hoho!
Na, weil es krank macht, aber gesalzen und geröstet ist eine Ausnahme. Eine rare Ausnahme. Durchs Salzen und Rösten werden die Keime und die *Fitamine* abgetötet. Das ist wie bei den Kartoffel*schips.*
Das *Americänistische?* Passt zu mir. Ich kann es mir leisten, und deshalb mache ich es so. Und diese Ninni passt auch zu mir. Ich hab sie einmal gesehen und bin sofort auf den Boden und hab um ihre Hand angehalten. Sie hat mir ihre entgegengestreckt und mich hochgezogen.
Auf Aufforderung hin, ja. Ein Nein sieht jedenfalls anders aus.
Gesagt hat sie nichts, nein. Sie hat ja noch Zigaretten im Mund gehabt. Mehrere gleichzeitig.
Wie es dazu gekommen ist? Ich bin durch die Straßen gestreunt, es ist schon Abend gewesen, und ich

hab überall hineingeschaut, wo noch Licht gewesen ist.

Meine Mutter? Die braucht davon nichts zu wissen. Ich war auf den Straßen unterwegs und hab mir alles angesehen. Und die Ninni ist da gesessen, in einem der Schaufenster, nein, eigentlich etwas weiter hinten im Raum. Aber ich hab sie gut sehen können, ausgeleuchtet vom Neonlicht, wie eine badende Königin. Ja, wie auf einem Thron ist sie da gesessen, und sie hat ihre Plastiksöckchen ausgezogen und neben sich gelegt gehabt und die nackten Füße in eine pinkfarbene Waschschüssel gesteckt, aus der heraus es seifig geblubbert hat.

Ich hab das Blubbern nicht hören können, aber ich hab's durch das Schaufenster gesehen, und ich habe mir, um meinen ersten Eindruck zu überprüfen, im Weiteren die Nase an der Fensterscheibe plattgedrückt.

»Blubb, blubb, blubb«, habe ich dabei, so für mich, gemurmelt, »ihr Seifenblasen, die ihr euch warm und schmierig an die Füße schmiegt und auf der nackten Hornhaut still zerplatzt.« Sehr *poeticalisch* wurd' mir da zumut'.

Ja, da hab ich noch gar nicht gewusst, dass die Ninni Ninni heißt. Nie und Nimmer! *Shiver, shimmer.* Nee, ich dachte, *her name was Queen of Pedicure.*

Ich habe mir aber einen Namen mit -i- gewünscht. Oder: Ich bin mir sicher gewesen, sie hört auf einen Namen mit -i-. Letztlich kann man hier ja aus jedem

Namen einen mit -i- machen, man braucht nur den Buchstaben hinten anzufügen wie an ein Kosewort. Ich sag, wenn ich eine beglücke, dann eine mit -i-. Oder: Wenn ich eine begatte, dann eine mit -i-.

Klar, als ich sie gesehen habe, hab ich sofort gewusst, dieser Frau will ich Kosenamen geben. Ninni ist auf ihrem Thron gesessen, halb gelegen, die Augen geschlossen, und sie hat die Hände seitlich rechts und links über die Stuhllehne hängen gehabt. Eigentlich hing sie dort als Ganze, die Haut zwar jung und rosig, das Leben aber, *ehrgeizlos*, bereits wie entwichen aus ihrem Inneren.

Wie ich das sagen kann? Ich hab's ja gesehen. Und ich erkenne den Unterschied. Ob jemand noch etwas will im Leben oder nicht.

Doch, einen Rest an Willenskraft muss sie aufgebracht haben, um den Weg in Yu-Mei Chows Nagelstudio anzutreten, um sich eben hier den dunklen Haaransatz wieder bleichen zu lassen.

Abgesehen davon irgendwelche Zeichen, die darauf hingedeutet hätten, dass sie noch lebte? Ja, sie rauchte Zigaretten, ohne auch nur ein einziges Mal abzusetzen, und mit jedem Zug füllte sich ihr Körper wieder mit Leben – bis zum nächsten Ausatmen, bei dem sie den Rauch wieder aus ihren Nasenlöchern blies. So ging das eine ganze Weile, manchmal wurde ihre abgebrannte Zigarette gegen eine neue getauscht, dazwischen fegte oder pustete man ihr die

Asche vom Umhang. Alles aus *Polyesterol*, aber ich mische mich nicht ein.

Woran ich das erkenne? Am Glanz! Würde das wirklich so rasch brennen, dann wäre diese Ninni aber schon hundertmal abgebrannt. Die *Extensions* allein!

An jeder Hand der göttlichen Ninni ist noch je eine Asiatin gehangen und hat Ninnis Nägel gefeilt und lackiert und ihre Finger eingecremt und massiert. Sehr schöne Finger übrigens.

Ich hab dem Schauspiel lange zugesehen. Wie die *Asia Girls* sich gebückt und gelächelt und zwischen den einzelnen Arbeitsschritten immer wieder nach den Füßen in der Waschschüssel gesehen haben, diese irgendwann dann aus dem Wasser genommen und mit einem Handtuch trockengerieben haben, danach mit einem Messerchen die Hornhaut abge-zogen, dann die Füße eingecremt und kleine Küsse auf die Zehen gesetzt haben.

Sie küssten Ninnis Zehen? Nein, *das* gerade nicht, denn das wird hinterher, später dann, meine Auf-gabe sein. Die Aufgabe der *Asia Girls* ist es bloß gewesen, meine Ninni vorzubereiten für mich. Während ich also fest an die kleinen Küsse auf Nin-nis weiße Zehen gedacht und mir ausgemalt habe, wie ich danach jeden einzelnen der Zehen in den Mund nehmen und daran saugen würde, vom ersten bis zum zehnten, just da hat Ninni, im Inneren des Nagelstudios sitzend, mich entdeckt, wie ich die

Nase ans Fensterglas gepresst und mit dem Mund dort leichte Saugbewegungen erprobt habe.

»I-i-i-iii!«, muss sie geschrien haben, danach zu schließen, wie breit sie ihren Mund gezogen hat, und ich habe es ja beinah bis auf die Straße hinaus hören können, nur übertönt vom Lärm der Autos draußen. Und sie hat mit dem Finger auf mich gezeigt und weitergeschrien, und die kleinen Asiatinnen haben allesamt, es sind ja in etwa ein Dutzend im Raum gewesen, ihre hellblauen und pinkfarbenen Arbeitsgeräte fallen lassen und sind, mit weit aufgerissenen Augen, in meine Richtung gestürmt. Mich hat es dadurch geradewegs fortgeschleudert, vom Gehsteig hinunter, beinah in den Autoverkehr hinein, weil plötzlich ein derart starker Luftzug nach außen hin geblasen hat und somit eine Art von Gegendruck entstanden ist. Ich bin regelrecht zurückgeworfen worden, weg von der Scheibe, von wo sich mein angesogener Mund zuvor mit einem Plopp! gelöst gehabt hat. Ich bin rücklings auf dem Asphalt gelandet und habe so die schillernden Klebebuchstaben auf dem Schaufenster erst richtig lesen können: Yu-Mei Chow. Gel-Nägel, *Fancy Nails* und *French Manicure.* Ohne Voranmeldung.

Erst als mich die zirka zwölf Asiatinnen, mitten unter ihnen wohl die Nagelstudio-Besitzerin Yu-Mei Chow selbst, bereits am Boden liegen gesehen haben, haben sie sich eingebremst.

»Der ist doch bloß ein kleiner Junge!«, haben sie gerufen, obwohl sie selbst natürlich viel kleiner gewesen sind als ich, aber so liegend hab ich wohl wirklich nicht wie der ausgewachsene Mann ausgesehen, der ich bin.

»Wieso habt ihr so große Augen?«, habe ich jetzt, weil mich ein gutes Dutzend Augenpaare angestarrt hat, gefragt. Diese Frage muss meinen jungenhaften Eindruck noch verstärkt haben, zumindest doch einen rotkäppchenhaften, sofern solche *Asia Girls* das Rotkäppchen aus dem Märchen überhaupt kennen.

»Kennt ihr Rotkäppchen?«, habe ich sie also gleich noch gefragt.

»Natürlich kennen wir Rotgäppschen«, hat Yu-Mei Chow, jetzt bin ich mir sicher gewesen, dass es sich bei ihr um die Besitzerin gehandelt hat, in strengem Tonfall geantwortet, um *umstandslos* fortzufahren: »Ich gehe selbst auf Gonwenzenz.«

»Auf *Conventions*? Als Rotkäppchen?«, habe ich gefragt, man sagt dazu *erstaunt*.

»Als sexy Rotgäppschen«, hat Yu-Mei Chow geantwortet, *ungerührt*.

Da schau an, hab ich mir gedacht, die geht also verkleidet auf diese Messen, die Frau Chow. Lässt die jungen Mädchen abends noch im Laden schuften, während sie, ein *Privatvergnügen*, an ihren Kostümen näht. Frau Chow als Rotkäppchen, das muss ich mir im Internet ansehen! Die trägt sicher einen passenden *Schlip* dazu unter ihrem roten Röckchen!

»Als sexy Rotkäppchen also«, wiederhole ich Frau Chows Worte, und die *Asia Girls* sehen mich an. »Wow!«, füge ich deutlich vernehmbar an, um meinem insgeheim gehegten Zweifel an Frau Chows *Sexiness* rasch etwas entgegenzuhalten.

»Unsere Augen«, fügt Yu-Mei Chow jetzt, nach einer kleinen Gesprächspause, *sachlich* an, »haben wir durch *Eingriffe* vergrößern lassen, um im *Verdrängungskampf* bestechen zu können«.

»*Bestechen?!*«

»Bestechen.«

»Ach so, um im Verdrängungskampf *bestehen* zu können«, sage ich, noch lauter, und will mich aufrappeln, um den zwölf neugierigen Asiatinnen meine wahre Größe zu zeigen, aber Yu-Mei Chow hat ihren gepolsterten Turnschuh bereits auf mein Hosenbein gestellt gehabt und hat mich so auf dem Boden festgehalten. Spricht, als hätte sie den Mund voll Bananen und Klebreis, beherrscht aber den *neoliberalischen* Diskurs! *Verdrängungskampf* also.

Und das war der Moment, in dem Ninni höchstselbst aus dem Nagelstudio gekommen ist. Es war, als wäre das Neonlicht mit ihr mit herausgetreten auf die Straße. Sie hat noch silbernes Alu im Haar gehabt, das hat den Eindruck von Helligkeit noch verstärkt. Magisch! *Magic! Magicalometrical!*
Ich habe zuerst gar nichts herausgebracht, ich habe

stattdessen, schockstarr, darüber nachgedacht, ob eine Nagelstudio-Angestellte denn überhaupt *befähigt* ist, Haare zu färben, habe aber in dem beiden Professionen gemeinsamen Arbeitsmaterial, nämlich Horn, sehr schlau!, die Antwort gefunden: Natürlich.

Schimmis Gesetz: Haare sind aus Horn, und Nägel sind aus Horn, alles das hat aber nichts mit *horny* zu tun. Obwohl mir das Wort nun doch nicht zufällig eingefallen sein kann. Ninnis Haare sind, das ist wiederum eine Ausnahme, *nicht* aus Horn. Der dunkle Haaransatz ja, aber an diesen Ansatz aus Horn hat Ninni sich blonde Strähnen aus *Polyesterol* kleben lassen, sogenannte *Extensions*.

Manche *Extensions* wiederum sind ja tatsächlich aus Horn, sie stammen von indischen Frauen, die im Tempel gebetet und sich den Schädel rasieren lassen haben. Das indische Haarmaterial ist sehr wertvoll, es wird gewaschen und gebleicht zu uns gebracht, in die *entwickelten Industrieländer*.

Ninni hat ihre spärlichen Dollars aber nicht in Echthaar aus Indien investiert gehabt, sondern in *Polyesterol* aus *Schina*. Und bei Yu-Mei Chow lässt sie es weiter bleichen und an manchen Stellen hellblau, rosa und türkis färben, so wie die Mähne des Spielzeugponys, mit dem sie als kleines Mädchen gern gespielt hat.

Woher ich das alles weiß? Ich gebe zu, ich weiß es *nicht*. Aber ich habe Augen im Kopf, mit denen ich sehen kann, und ein Hirn, mit dem ich denken kann.

Yu-Mei Chow ist weiterhin auf meinem Hosenbein gestanden, wild entschlossen, meinen Namen herauszufinden. Ich habe also mitgespielt, denn ich wollte nicht, dass das Rotkäppchen den eleganten Anzugstoff meiner grauen Hose zerreißt.

»Wie lautet dein Name, Jungemann?«, hat Yu-Mei Chow also gefragt, nicht fähig, die *grammatikalistische* Form des höflichen Siezens anzuwenden. Die steht auf mich, habe ich mir trotzdem gedacht, während sie weiter auf *mir* stand, sonst würde sie mich ja wieder loslassen.

»Ich bin der Schimmi«, habe ich dann endlich gesagt. Ich meine dabei ganz und gar nicht gewimmert zu haben, obwohl der gepolsterte Turnschuh der Frau Chow zunehmend an *Softness* eingebüßt hat.

»Frau Ninni«, hat daraufhin Yu-Mei Chow, nun des Siezens fähig, gesagt, »wollen Sie den Namen von de' Jungemann notieren?«

Und da ist mir aufgefallen, dass das Leben aus Ninnis Körper nicht mehr entwichen ist, da sie doch beinah ein wenig die Luft angehalten hat bei meinem Anblick. Ich bin mir ab diesem Zeitpunkt, ja Augenblick, sicher gewesen, dass es, bezogen auf Ninni, nur diese zwei Möglichkeiten gibt: Entweder trägt sie gar keinen *Schlip* oder, im Gegenteil, einen sehr auffälligen. Hibiskusblütenpink.

»Schimmi?«, hat Ninni, freilich *demonstrativ* desinteressiert, gefragt.

»Das bin ich!«, habe ich gerufen. »Getauft englisch: Jimmy, genannt deutsch: Schimmi.«

»Nein, Frau Chow, ich notiere mir diesen affigen Namen nicht«, hat Ninni, mit *arroganter Visage*, gespottet. »Den merk ich mir so.«

»Für die Bullizei«, hat Frau Chow gesagt.

Wow!, erst mal. Denn Frau Ninni merkt sich meinen Namen. Und ab da erst hab ich gewusst, dass sie eben Ninni heißt. Vielleicht hab ich dann doch noch ein bisschen gewimmert, damit Yu-Mei Chow endlich ihren Fuß von meiner Hose nimmt, mich aufstehen lässt und außerdem davon absieht, die Polizei zu rufen.

Die Asiatinnen, bis auf ihre Chefin, haben mich mittlerweile ja mehr mitleidig als feindselig angesehen. Ein paar unter ihnen haben auch diese hohen Töne ausgestoßen, wie man sie im Internet hören kann, wenn solche Mädchen zart angefasst werden. Das mit den Tönen? Das hab ich recherchiert. Für den *Job*. Wozu denn sonst?

Yu-Mei Chow ist in ihren gepolsterten Turnschuhen wieder zurück ins Nagelstudio stolziert, sofern man in gepolsterten Schuhen stolzieren kann, nicht ohne mir vorher ein zweites Mal mit der Polizei zu drohen, falls ich ihre sogenannten Kundinnen weiter belästigen würde.

»Belästigen?«

»Begaffen!«

Beg-, beg-, begaffen also. Ninni hat mich böse angesehen, hat mir aber doch ihre schönen Finger entgegengestreckt oder sie mir zumindest *ehrgeizlos* entgegenfallen lassen, nachdem ich ja sehr darum gebeten habe. Ja, sie hat mir ihre Hand gegeben. Und ich habe sie gehalten und gespürt, wie kühl sie gewesen ist. Kühl, aber eingecremt.

Als ich mich dann an der erbettelten Hand von Frau Ninni wieder aufgerichtet habe, hat sie nun endlich sehen können, wie groß ich wirklich bin. Da hat sie Augen gemacht, obwohl man das unter ihren falschen Wimpern so gar nicht gesehen hat. *Intuitivisch* hab ich es doch wahrgenommen. Sie hat dann, *so impressed*, auf der nackten Sohle kehrtgemacht und ist, grußlos, Frau Chow ins Innere des Nagelstudios gefolgt. Frau Chow hat ihren Mädchen gedeutet, sich umgehend hineinzutrollen, und die haben ohne Widerrede ihre Arbeit sogleich wieder aufgenommen.

Ach, wenn sich ein Dutzend junger Asiatinnen in ein Nagelstudio trollt, das ist ein Anblick! Zwei von ihnen sind allerdings dann doch noch stehen geblieben und haben mit ihren auch sehr falschen Wimpern geklimpert.

»Welchen Lack hat Frau Ninni gewählt?«, habe ich, mein Trick!, so süß und interessiert wie möglich gefragt und dabei auf die Klebeschrift im Schaufenster gedeutet. Als hätte ich nicht ohnehin genau gesehen, welche *Manicure* Frau Ninni gewählt hat.

»Goldenen. Mit kleinen *Schtickers* darauf«, hat eine der beiden geantwortet.

»Welche *Schtickers*?«, habe ich, nun etwas dringlicher, gefragt, und gespürt, wie bei der Erinnerung an die *Schtickers* auf Ninnis goldenen Nägeln, die mir ja als erstes aufgefallen sind, mein Daumen jetzt, erst langsam, dann merklich, angeschwollen ist.

Der Daumen? Ja, weil ich darüberstreichen möchte, mit meinem *opponierbaren* Daumen über Ninnis aufgeklebte Fingernägel. U-u-u!

»Aus der *Tropical Edition*«, hat eine der zwei Asiatinnen mit *geschäftigem* Stimmchen geantwortet.

»Kokosnüsse, Äffchen und Palmen«, hat die andere *pflichtschuldig* ergänzt.

»Ah«, habe ich gesagt und meinen Daumen in den Mund gesteckt wie ein *Monchhichi*, um seine Schwellung für mich zu behalten. »Fliegt Frau Ninni denn hernach in die Karibik?«, hab ich dann noch gefragt, um noch mehr über sie zu erfahren. Ich dachte zudem, wenn ich das Wort hernach sage, klinge ich, auch mit Daumen im Mund, *rechtschaffener*.

Da hat aber die strenge Frau Chow den beiden noch einmal gedeutet und gepfiffen. So gepfiffen, dass wir jetzt alle drei gewusst haben, das würde das letzte Mal gewesen sein, bevor sie den beiden Mädchen den *Job* kündigen würde, die alte Sklaventreiberin.

Also habe ich zugesehen, dass ich das Weite suche. Polizei benötige ich dafür auch keine, ein Taxi nach Hause hat doch entschieden mehr Komfort.

»Top 123 im Tower XY«, hat mir eines der beiden *Asia Girls* dann im Weggehen noch zugeflüstert.

Nein, ich werde die wahre Türnummer hier nicht preisgeben. 123 ist ein *Code*, XY die *Verschlüsselung*. Sollte dies nämlich die Adresse von Ninni sein, die mir die Asiatin soeben verraten hat, dann brauche ich dort keine anderen Mannsbilder.

Ja, ich hätte schon vorher einfach aufstehen können. Ich hätte dieser Frau Chow, die ein Dutzend Mädchen schwarz bei sich arbeiten lässt und in einem sogenannten Nagelstudio nicht nur Nägel feilt, sondern auch Haare färbt und *Phetaminnis* verkauft, die *Konzession* entziehen lassen können. Ja, das hätte ich. Ich hätte denen allen zeigen können, mit wem sie es zu tun haben, wenn sie es mit Schimmi zu tun haben. Ohne *Voranmeldung*!

Aber klar, der Stärkere bleibt souverän. Schimmi sagt: So kommt man ans Ziel. Hätte ich das giftige Rotkäppchen um seine Existenz bringen sollen? Die restlichen Girls zu mir nach Hause holen? Einer jeden die kleinen Zehen abbeißen? Die kurzen Beinchen lecken, bis hinauf zum rohen Sushi, rot wie Thunfisch?

Nein, Frau Chow soll weitermachen wie bisher. Zumindest so lange, bis ich Ninnis Adresse verifiziert habe. Wie geht der Spruch? *Gibt für mich keinen Grund, jemanden im Ring umzubringen, außer diejenigen haben's verdient.* Frau Chow stolziert schon noch einmal durch meine Gasse, die eine Autobahn mit dem Namen A1 ist.

Und falls es wirklich Ninni ist, die im Tower XY wohnt, dann wohnt sie ja exakt gegenüber. Ein Kilometer Luftlinie! Dann würde ich mich, mit einem Fernrohr ausgerüstet, einfach vor den Fernseher legen und, wenn einmal auf tausend Sendern nichts Spannendes läuft, sehr entspannt hinübergucken zum Nachbarturm.

Und falls dort, statt Ninni, doch das schwatzhafte der beiden *Asia Girls* wohnen würde, na, auch dann würde ich mich eines Abends aus dem siebzehnten Stockwerk hinunterbequemen und hinaustreten auf die achtspurige Autobahn, die meinen Tower verbindet mit dem Rest der Welt. Ich würde ein Taxi anhalten, würde mich auf der A1 zum Nachbarturm hinüberkutschieren lassen und dann dort an der Tür klingeln. Beste Anbindung!

»Hallo, meine kleine Maguro!«, würde ich in die Gegensprechanlage rufen, »hat dich die alte *Schinesin* sehr gequält? Oder bist du ohnehin einiges gewohnt?«

Und Maguro würde mich in den Tower lassen, sie würde ihrerseits im siebzehnten Stockwerk die Apartmenttür öffnen, sie würde bei meinem Anblick kichern und springen, dieses ahnungslose Manga-Mädchen.

Nee, ich würde ihr kein Haar krümmen.

Im Fernsehen, da hab ich einmal einen Baum mit reifen Mangos gesehen. Ein Teil der Früchte ist bereits am Boden gelegen, im Gras, und schon sind die blöden Wespen in den Löchern gehockt, die sie mit ihrem Mundwerkzeug in die Schale geschnitten hatten. Manche sind dort, im aufgebrochenen Fruchtfleisch, beinahe ersoffen. Vor lauter Gier! Das kann mir nicht passieren, nicht mit frischem Obst und Gemüse.

MUTTER

Mein Name ist Schimmi, und ich wohne mit meiner Mutter in einem Apartment im siebzehnten Stock. »Jim, mein Sohn«, flüstert sie manchmal. Wenn sie jemanden mitgebracht hat. Dann schickt sie mich doch vor die Tür. Will mich plötzlich loswerden. Und ruft gleich wieder bei mir an. Wirft mich hinaus, und meldet sich sofort darauf, *besorgt*. Hasst mich, liebt mich, hasst mich, liebt mich. *The man you love to hate*: Hier bin ich.

Manchmal setze ich mich dann direkt vor die Tür und warte, bis sie fertig ist und mich wieder hineinlässt. Manchmal fahre ich bis hinunter ins Erdgeschoß und bleibe dort für eine Stunde oder zwei. Ganz selten nehme ich mir ein Taxi und lasse mich über die Autobahn B2 ins Stadtzentrum bringen, in eines der Stadtzentren. Manchmal bleibe ich dann dort über Nacht.

Abgesehen davon verlasse ich das gemeinsame Apartment nicht. Hab stattdessen ein Fernrohr. Gucke zu den Nachbartürmen. Oder in den Fernseher hinein. Manchmal ins Internet.

Was ich mir ansehe? Tiere und Mädchen. Das ist alles. Tiere und Mädchen. U-u.

Nein, *nichts* ist los im Fernsehen, seit alle ins Internet abgewandert sind. Ein paar Mädchen noch! Ein paar noch, denen ich die Treue halte. Eine Blonde, eine Rote, eine Schwarze, eine Brünette. Die wissen, dass ich komme, und warten auf mich.

Ja, solange meine Mutter im Apartment ist, sehe ich mir im Fernsehen die Tiersendungen an. Sie mag keine Tiere, aber noch weniger mag sie es, wenn ich mir Mädchen ansehe. Besser Tiere als Mädchen, sagt sie. Schimmi sagt: Besser Mädchen als Tiere. Am besten aber beides.

Ich zappe weiter. Grashalm für Grashalm, darauf Käfer und Kolibris. Die *Vielfalt der Arten*. Einmal sitzt ein Käfer auf einem Halm, dann wieder ein Kolibri auf dem nächsten, dann wieder ein Käfer auf dem übernächsten, dann noch ein Kolibri, dann wieder ein Grashalm. Davor liegt ein grauer Teppich, darauf steht ein Glastisch, auf den hab ich meine Füße gelegt und gähne. In einen dunkelgrauen Anzug gesteckt, auf ein hellgraues Sofa gesetzt, so hat es meine Mutter eingerichtet.

Die Möbel? Auch grau, ja. Wie diese Weltstadt, die erst bunt wird, wenn es Nacht ist. So *paradoxical!*

Mein Fernrohr? Das dringt heut nicht durch den Nebel. Auch wenn ich es wünschte, auch wenn ich es könnte. Ja, ich könnte fast immer, *potenziell* ja. Manchmal sieht man nachts sogar besser. Wenn die Apartments im Tower XY erleuchtet sind, die Leute sich ins Bett legen und dabei vergessen, die Vorhänge zuzuziehen. Ja, das meiste habe ich im Fernsehen gesehen. Aber manches auch nachts im Turm gegenüber.

Was genau?! *Wer sich keine Vorstellung davon machen kann, hat keine Flügel,* heißt es. Hat keine Krallen, hat kein Fell.

Der graue Anzug? Die erfolgreichsten Männer werden von ihren Frauen eingekleidet, klar. Solange sie hier wohnt, übernimmt sie eben die Aufgabe des Einkleidens. Meine Mama, Mutter, Mutti.

Muttersöhnchen? Sagt nur, wer zu blöd ist. Wer die Besitzverhältnisse nicht kennt und wer es, auch im *Job*, nicht gelernt hat, *economicalisch* zu denken.

Hier bin ich, Schimmi. In diesem Apartment, jeden Tag. Beinah jeden Tag.

Nein, ich verlasse es selten.

Würde ich Maguro draußen ein Haar krümmen? Nein.

Yu-Mei Chow? Nein. Vielleicht. Hehe.

»Geh schlafen, Jim, bevor es dunkel wird«, sagt meine Mutter jetzt zu mir und zieht ihre *Schpinx* hoch, und darüber das sogenannte kleine Schwarze, das bei ihr ein riesiges ist.

Weil sie dick wäre? Nein, unfassbar schlank ist sie, meine Mutter! Und unendlich groß. Mit ewig ranken Fesseln, elendslangen Beinen, einem festen Hintern und einem geraden Rücken.

Eine herausragende Dompteuse wäre aus ihr geworden, hätte sie sich ein einziges Mal in ihrem späteren

Leben je wieder für Tiere interessiert. Eine Hundetrainerin, eine Pferdeflüsterin, eine Zirkusdirektorin! Eine Zooleiterin, eine Veterinärmedizinerin, eine Schlangenbeschwörerin. Eine Forscherin bei den *Gorillas im Nebel*, eine Tierrechtsaktivistin, die nachts Laborratten befreit.

Sie hat ja alles dafür mitgebracht, ihre einstige Zähigkeit, ihre jetzt noch vorhandene Strenge, ein beinah noch *gesundes* Maß an Herrschsucht. Aber sie hat, sehr jung damals, nichts getan, als alles aufzugeben, um meinen Vater zu heiraten, der sie hernach verlassen hat. Ja, hernach. Dennoch, schon am nächsten Morgen, nachdem mein Vater sie, uns, verlassen gehabt hat, wäre der Zeitpunkt gekommen gewesen, das eigene Leben wieder in die Hand zu nehmen. Es hat Möglichkeiten gegeben, Zufälle, Gelegenheiten, wieder und wieder.

Genutzt? Keine einzige der Chancen, die sich ihr hin und wieder, mal da, mal dort, geboten hatten, als der Schimmi noch klein gewesen ist.

Im Fernsehen schillert ein Käfer. Meine *zoophobe* Mutter schlägt mir auf die Wange, sie nennt das *zärtlich*, und nimmt ihren Pelzmantel von der Garderobe, man nennt ihn: Blaufuchs. Man könnte den erschlagenen Blaufuchs als einen Rest von Tierischem bezeichnen, ja. Das einzige Tier im Leben meiner Mutter, für das sie sich nach der Heirat und der darauffolgenden *einseitig erzwungenen*

Trennung von meinem Vater je wieder interessiert hat. Nicht, wie er läuft, nicht, was er frisst, nicht, wie ihm manchmal die Zunge aus dem Maul hängt und der Speichel von den Lefzen tropft. Nein, sein Fell interessiert sie, und wie ihre Finger darüberstreichen, bevor sie es vom Haken nimmt und es sich über die nackten Schultern legt.

»Gute Nacht, Jim«, sagt meine Mutter im Blaufuchs und hält mir, bevor sie das Apartment dann endlich verlassen haben wird, noch eine Banane vor die Nase.

»*Fitamine*, Jim, *Fitamine*!«

Meine Mutter denkt an meine Ernährung. Und sie weiß, dass ich keine Bananen esse. Sie weiß, dass *Fitamine* Gift sind für meinen Körper. Sie weiß es. Stellt sich stattdessen *demonstrativ* zwischen den Fernseher und mich, hält die Banane mit ihrer rechten Hand fest umschlossen und macht damit kreisende Bewegungen vor meinen Augen.

Hau ab, *Schossefin*, will ich sagen. Trau ich mich natürlich nicht.

Josephine Baker? Kenne ich aus dem Musikunterricht in der Schule. Klar bin ich in eine Schule gegangen. Eine ganz *normale* Schule. Eine *Regelschule*.

Sie beginnt sich zu bewegen, ein wenig zu tanzen, ich kenne das Spiel, und sie vergisst dabei nicht, mir ihre Beine zu zeigen. Sie denkt jetzt daran, ihre Strümpfe noch einmal hochzuziehen bis zu den

Strumpfbändern. Vor meinen Augen! Währenddessen hält sie die ungeschälte Banane nicht mehr mit den Händen, sondern mit dem Mund, ohne aber zu fest hineinzubeißen. Sie achtet darauf, ihre Strumpfbänder nun an den Halterungen noch einmal zu lösen und sie sogleich noch einmal anzuknöpfen. Dann streichelt sie mit den Fingern über die Banane in ihrem Mund, danach nimmt sie sie wieder heraus und fährt damit, mit der Banane, über ihre Oberschenkel und ihre Strumpfbänder, dann über ihre Unterschenkel und zum Schluss über ihre Schuhe, die man *Schtilettos* nennt, bis hinunter zum Absatz. Dann legt sie die Banane zurück in die Schüssel, die auf dem Glastisch steht, wo ich meine Beine liegen hab. Und erschwert mir weiterhin den Blick auf den Fernseher. *Demonstrativ!*

Ich gucke auf die Banane in der Schüssel und sehe auf ihrer gelben Schale, schon schwarz geworden, den Abdruck der Vorderzähne meiner Mutter. Es schüttelt mich. Sie bemerkt es nicht. Ich frage sie, wie so oft bei diesem Spiel, wie man denn ihre Schuhe nennt.

»Jim, mein Junge, man nennt sie Stiletto«, sagt meine Mutter.

Ich stecke jetzt meinen Daumen in den Mund. Das dumme Wort *Schtiletto*. Ich beiße zu, jaule auf vor Schmerz, ganz kurz, und sage dann: »*Schtiletto*.«

»Stiletto, Jim. Schön ist es, sie anzuziehen, noch schöner, sie wieder auszuziehn.«

Meine Mutter lacht, nachdem sie das gesagt hat, und wankt auf den hohen Schuhen. Dann geht sie aus dem Bild. Der Kolibri im Fernsehen liebkost den schillernden Käfer mit seinem langen, harten Schnabel, aber meine Mutter sieht nicht hin. Käfer und Kolibri schaukeln jetzt, innig, gemeinsam auf einem Grashalm. Nichts, sagt Schimmi, ist böse in der Natur.

Geh schlafen, bevor es dunkel wird, hat meine Mutter zu mir gesagt. Geh schlafen, iss die Banane, du brauchst die *Fitamine*. Mit mir, dem Schimmi, einem *ausgewachsenen* Mann, zu sprechen wie mit einem Kind? Und mir, ihrem Sohn, gleichzeitig ihren *Schlip* zu zeigen, ihre Strümpfe, ihre *Schpinx*? So als mache sie es für einen Liebhaber? Wie nennt man dieses Spiel?! Und, zum dritten, einfach wegzusehen, als der Kolibri im Fernsehen dazu ansetzt, nach einem gemeinsamen innigen Schaukeln auf einem einzelnen Grashalm, den schillernden Käferling zu vernaschen? Wieso greift denn niemand ein? Wieso ertrinken die Wespen im saftigen Fruchtfleisch der Mangos? Wieso frisst der Vogel den Käfer? Wieso sieht die Mutter nicht hin, wieso tut sie nichts dagegen?
Wieso tanzt sie vor den Augen des Sohnes? *Schtrippt* beinah, ja, *schtrippt*! Schlimm ist das! Schlimm für einen wie den Schimmi. *Schlip* und Strümpfe und *Schpinx* rotieren vor seinen Augen, bis ihm schwindlig wird, Himmel! So einer wie der Schimmi hat doch auch ein Herz, der will doch von einer Mutter

nicht enttäuscht werden, nicht gedemütigt und auch nicht verführt.

Aber Kind, das hast du missverstanden, sagt sie dann. Was ist es, das ich daran missverstehe?! Und wo, zur schwärzesten Hölle, ist in Momenten wie diesen der Vater geblieben? Zumindest doch, als der Schimmi noch klein gewesen ist. Als er sich schützend vor den Sohn hätte stellen können, den Blick auf die halbnackte Mutter im blitzenden *Schlip* samt *Schpinx* zu durchkreuzen?

Es sind *rhetorische* Fragen, die hier gestellt werden. Das heißt, es wird darauf keine Antwort erwartet. *Zoophob?* Das meint bloß so etwas wie tierhassend. Ich bevorzuge den englischen Ausdruck *zoophobic*, weil der aber zu kurz klingt, sage ich ausführlicher: *zoophobical*. Gesprochen: *So-oh-fohbikäll*. Wer dennoch Antworten hat auf meine zahlreichen Fragen, der soll sie auf ein *Post-it* schreiben und es an die Betonwand vor meinem Tower kleben. Sehr gerne! Ja, der Turm mit den siebzehn Stockwerken, gegenüber vom XY, verbunden durch die A1, aber nicht durch die B2. Da ich im Moment sehr beschäftigt bin, werde ich vorerst nicht hinunterkommen können, um die *Post-its* einzusammeln. Leider! Mein Zimmer ist so vollgeräumt, dass da, bedauerlicherweise, kaum mehr etwas hineinpasst. Da passt exakt noch ein schlankes Mädchen hinein, und zwar unter meine Decke. Es tut mir sehr leid, ich hätte euch anderen sooo gern dabeigehabt.

Time to call a girl! Ich benutze mein Mobiltelefon häufig, *jobbedingt*, und gerne. Wohnt Frau Ninni tatsächlich im Turm gegenüber? Einen Kilometer Luftlinie entfernt?

Ninni! Norbert, Ida, Norbert, Norbert, Ida. Niiinniii! Nein, ich suche kein türkisches Wiegenlied. Die Telefonauskunft wird, seit es die Vernetzung im Internet gibt, immer einfallsreicher, dabei *praxisferner*. Kalauernd wider Willen, *absichtslos*.

Ja, gibt es denn im gesamten Telefonbuch dieser angeb-li-chen Weltstadt keine Ninni? Keine einzige Ninni? Meine am allerwenigsten? Vielleicht hat sie bereits meinen Nachnamen angenommen? Frau Ninni Schamlos? Nichts.

Frau Ninni Schamvoll? Auch nichts. Im Tower XY, in einer x-beliebigen Weltstadt in einem dieser *hochentwickelten Industrieländer*?

Ja, ich gehe davon aus, dass sie hier wohnt. Oder stattdessen eine Maguro? Martha, Anton, Gustav, Ulrich, Richard, Otto.

Nein, Maguro allein. Vielleicht mit Ninni. Ohne Anton, Gustav, Ulrich und so weiter. Hat die Telefonauskunft denn nicht ein einziges Mal aufgepasst, als es in der Schule ums Buchstabieren ging?

Wegen des Internets?! Das ist kein Grund, nicht buchstabieren zu können. Schimmi sagt: Das Internet ist keine Entschuldigung dafür, nicht buchstabieren zu können.

Ja, gucken Sie einmal nach unter: Mangofrucht.

Ja, als Nachname. Im übertragenen Sinne.

Nein, es ist ein Vergleich. Süß wie eine Mangofrucht.

Alle Mädchen: süß wie viele Mangofrüchte.

Nein, ich esse überhaupt kein frisches Obst und Gemüse. Aber ich habe gesehen, wie süß die Ninni ist. Als sie den Atem angehalten hat, als sie mich zum ersten Mal gesehen hat. Und sich meinen Namen sofort gemerkt hat und trotzdem so getan hat, als hätte er, mein Name, und damit ich, für sie keine Bedeutung.

Doch, ich, ich kenne diese Spiele, und ich weiß, wie sie gespielt werden.

Wie? Natürlich bin ich *volljährig*. Und *geschäftsfähig*.

»Peep, peep, peep.« Gespräch beendet. Nun, der Nebel wird sich schon lichten, ich brauche noch etwas Geduld. Und in der Zwischenzeit eine Frau aus dem Fernsehen! Für die Zeit des Wartens. Eine blonde, eine brünette, eine rote, eine schwarze. Ich werde meine Zuneigung gerecht verteilen. Der Besuch bei Frau Ninni muss *langfristig* vorbereitet werden. Von langer Hand.

Das Fernsehen wird dabei helfen, es wird mir Übung sein und Lehre. Durch tausend Kanäle zappe ich während dieser *erwartbar* langen Frist, die meisten bleiben grau und flimmern. Dazwischen klettert manchmal ein Bär durch den Wald, von Baumstamm zu Baumstamm, und schleckt Honig aus einem aufgebrochenen hohlen Ast, bis ihn die Bienen von dort vertreiben. Später ein Fuchs, der durchs Unterholz streift. Dann sieht man einen Marder, der an einem Autokabel kaut, bis er es durchbeißt. Einen Schmetterling, der auf der nackten Haut eines Mädchens landet. Ich liege vorm TV-Gerät. Es riecht nach geschnittenem Gras. Ja, es riecht tatsächlich nach geschnittenem Gras.

Es riecht nach Gras, nach Erde, nach Honig. Ich strecke meine Knie durch und atme ein. Nein. Es riecht nach Marder. Es riecht, mörderisch!, nach Marder.

»Aaah!«, schreie ich und springe vom Sofa auf. Laufe zu den Fenstern, von denen sich keines öffnen lässt.

Wie Marder riecht? Ich kann es nicht beschreiben, verdammt! Ich rieche es. Wenn es irgendwo auf dieser Welt nach Marder riecht, dann weiß man es. Das ist der *Inschtinkt*.

Meine Mutter? Nein, die riecht davon nichts, denn sie ist bereits in ein Taxi gestiegen, das unten auf sie gewartet hat. Nicht ohne ihren Schimmi vorher noch liebkost und geküsst zu haben. Ganz nass bin ich noch davon. Ich habe mich an meinem Mobiltelefon und an der Fernbedienung festgeklammert, bis unten das Taxi gehupt und gehupt hat und sie endlich abgezogen ist.

Nicht jedoch, ohne mir vorher das Mobiltelefon abzunehmen. Sie ist gegangen und hat es mir aus den

Händen gerissen. Ich habe mich daran festgeklammert gehabt, freilich. Ich habe geschrien. Ich habe gebissen. Was denn sonst? Ich habe geheult. Ich habe mich daran festgehalten. Bin mit meinem ganzen Gewicht an dem Telefon gehangen, noch während es meine Mutter gehalten hat und, in *Schtilettos* und Blaufuchs, schon im Begriff war, das Apartment zu verlassen.

Sie hat es bis dahin nur angedroht. Immer, wenn die Telefonrechnung am Ende des Monats gekommen ist. Aber meistens war es ja sie, die ich angerufen habe. Es sind, abgesehen davon, nicht so viele Anrufe gewesen. Einmal täglich melde ich mich bei jeder, die auf mich wartet. Manchmal geht es auch ganz rasch.

Die Mutter hat mir mein Mobiltelefon genommen. Dabei ist sie die einzige, die mich regelmäßig anruft, wenn sie fort ist: *Dschungelmusik.* Oder wenn sie nicht aus ihrem Zimmer kommt. *Sie* ist doch diejenige, die wissen will, wie es mir geht. Wissen, ob ich arbeite und ob ich die Schmutzwäsche in den Wäschekorb gegeben habe. Sie ist doch diejenige, die mich fragt, ob ich frisches Obst gegessen habe, ob ich sie vermisse und so fort.

Es ist ihre Eifersucht, sagt Schimmi. Sie duldet keine Anrufe bei anderen Mädchen. Nicht einmal bei der Telefonauskunft. Sie erlaubt keinen Ausgang. Sobald ich das Apartment verlasse, ortet sie mich über mein Telefon. Die Gründe dafür nennt sie: Sorge,

Verantwortung, Erziehung, Pflicht. Sie spürt mich auf, lauert mir auf, fängt mich ein und bringt mich zurück.

Ist es da nicht höchst *paradoxicalomatisch*, mir das Mobiltelefon vorzuenthalten? Bloß wegen der paar Anrufe bei ein paar Mädchen? Bloß der paar Dollars wegen? »Ein bisschen telefonieren werden wir uns noch leisten können, Mutter«, habe ich gerufen. Hätte ich rufen wollen. »Für immer wirst du mich nicht hierbehalten können!«

Würde ich meiner Mutter nur ein Haar krümmen, bloß, weil sie mir mein Mobiltelefon abgenommen hat? Das würde ich nicht, auf diesen Gedanken käme ich nicht.

Nein, es ist ein Zufall, dass der Fahrer des Taxis, das unten auf meine Mutter gewartet hat, derart angetrunken gewesen ist, dass ich es durch das geschlossene Fenster bis hier herauf ins siebzehnte Stockwerk riechen hab können. Und dass er den Straßennamen, den ihm meine Mutter genannt hat, kaum zur Kenntnis genommen hat. Ich hab ja gesehen, wie sich ihre Lippen bewegt haben, während er nur *stier* auf sein Autoradio gestarrt und mit der rechten Hand am Lautstärkeregler gedreht hat.

Ja, ich hätte gar kein Fernrohr gebraucht, um zu sehen, wie dieser Fahrer den Straßennamen an der nächsten Kreuzung schon ganz vergessen gehabt hat. Der Taxifahrer hat, etwas später dann, nach einer viel zu umständlichen Fahrt, knapp vor dem eigentlichen Zielort, auch keinerlei Anstalten gemacht, die richtige Abzweigung zu nehmen, woraufhin ihn meine Mutter, höflich, zurechtgewiesen hat. Ich habe mich dann, noch immer nass von ihrer Umarmung und dem anschließenden Kampf um mein Mobiltelefon, auf das Sofa gestellt, um alles mitansehen zu können. Diesmal hat das Fernrohr auch wirklich geholfen.

Meine Mutter nannte dem Taxifahrer noch einmal den korrekten Straßennamen des sogenannten *Zielortes*, woraufhin der Taxifahrer wiederum *wie ein Irrer*, ohne zu schauen, ohne zu denken, das Lenkrad plötzlich herumgerissen hat und so nicht nur sich selbst, sondern vor allem meine Mutter – die von rechts kommende Straßenbahn bremste hart ab, bimmelte, schellte, quietschte – in *Lebensgefahr* gebracht hat.

»In Lebensgefahr! Meine Mutter!« und »Fick dich, du *Wixer*!«, habe ich in die Nacht hinausgeschrien vor Schreck und vor Wut, und ich habe am ganzen Körper *geschittert*.

Und gleichzeitig habe ich ja, als Folge von Erziehung, gewusst, *Wixer*, so etwas sagt man nicht. Aber einen anderen Ausruf habe ich in der Not nicht parat gehabt, und es hat mich, in der Nachbetrachtung, doch auch gefreut, dass ich so viele -i- in einen *Schimpf* gepackt habe. Das zeugt doch, hab ich mir gesagt, von Verständnis für *aestheticale* Fragen, selbst in größter Not. Und ich habe mir also dreimal kräftig auf die Brust geschlagen.

»Oh, Schimmi, beinah ward er zum Waisenkind!«, habe ich dann, beim Nachdenken über den möglichen tragischen Verlust der Mutter, laut über mich selbst gesagt und all meine Traurigkeit in einen Blick gelegt. Wo ist mein Mobiltelefon? Ich muss diese Waisenkinderaugen sofort fotografieren! Noch einmal, lauter: »*Motter*, wo ist mein Mobiltelefon?!«

Meine Mutter lebt. Ein Tod durch Straßenbahn hätte nicht zu ihr gepasst, nicht heutzutage, nicht im neuen Jahrtausend. Nicht jetzt, wo wir in der *Evolution* so weit gekommen sind! Ja, gerade jetzt kann meine Mutter nicht anders, als *überlebt* zu haben.

Ein Erwachsener ohne Eltern, aus dem wird auch *niemals nicht* ein Waisenkind. Ein ausgewachsener Mann, der einen Taxifahrer mittels Handzeichen, *geheimdienstlich*, beauftragt, den Wagen, in dem seine Mutter sitzt, die ihm zuvor sein Mobiltelefon abgenommen hat, in eine Straßenbahn zu lenken, den würde auch keiner bemitleiden. Keiner und keine. Nein, die Mutter lebt.

Ohne sie? Sicher, einiges würde sich ändern im Verlauf. Ich hätte mehr Platz in diesem Apartment. Für ein zusätzliches Mädchen, für zwei oder drei.

Maguro? Die hat, denke ich, mittlerweile andere Pläne.

Ja, natürlich, ich bin froh, dankbar, erleichtert. Wieso sollte ich mich *nicht* freuen?! Meine Mutter *lebt*! Sie wohnt doch hier, ich sorge ja für sie. Ich sorge für sie, damit sie meint für mich zu sorgen.

Es hätte schon eine große Umstellung bedeutet. So leicht hätte ich den Verlust nicht verkraftet. Wie hätte mein Telefon ausgesehen, nachdem eine Straßenbahn über die Hand gefahren wäre, mit welcher meine Mutter Selbiges gehalten hätte, während sie sich bemüht hätte, mittels Displayfunktion meine *Einstellungen* und *Dienste* zu beschränken?

Der honigschleckende Bär ist von den Bienen vertrieben worden. Wie? Indem sie ihm die Nase zerstochen haben. Das hat nicht schön ausgesehen. Aber der Bär ist auch nicht zimperlich vorgegangen bei der Zerstörung des hohlen Astes, in dem die Bienen ihre Waben gehabt haben. Das ist nicht traurig, das ist die Natur.

Es wird neue Äste geben, andere Bienen werden ihre Waben dort bauen und ihren Honig darin horten. Ein anderer Bär wird, ein andermal, den Ast vom Baum schlagen, ihn aufbrechen und mit der Pranke den Honig herausschlagen.

Das Internet ist voll von Tieren und Mädchen. Das Fernsehen ist voll davon. Ich zappe jetzt zur Natursendung von vorhin, wo der letzte Rest der schillernden Käferfamilie den Grashalm hinauf und direkt in den Schnabel des hungrigen Kolibris wandert. Die Gräser und Blätter bewegen sich dazu im Wind.

Es riecht nach Erde. Es riecht tatsächlich nach Erde. Die *Audiotechnik* ist ja mittlerweile so *fortgeschritten*, dass ich die Flügel der kleinen Käfer, schon beinah im Schnabel des Kolibris, in *Dilbi Surround* durch das gesamte Apartment knistern und rascheln höre. Die Käfermutter kennt kein Zurück, tapfer krabbelt sie voran, denn unbarmherzig ist die Natur, und schon sind auch dem allerkleinsten Käferchen die vordersten Beinchen abgezwackt. Beute ist Auslese. Unbarmherzig, aber nicht böse.

Auch der Kolibri wird einmal gefressen werden. Schimmi sagt: Das hat nichts mit *Kissalität* zu tun, es sind bloß *Kirrelationen*.

Jetzt mal zu den Tatsachen. Es ist *nacheinander* passiert: Mein Vater hat meine Mutter, bei Nacht und Nebel, verlassen. Danach hat meine Mutter aufgehört, weiterhin, so wie früher, jeden zweiten oder dritten Tag in die Arena zu fahren. Sind das zwei verschiedene Vorkommnisse, die ursächlich nicht miteinander verknüpft sind, bloß durch die zeitliche Abfolge? Dann handelt es sich um eine *Kirrelation* und eben nicht um eine *Kissalität*. Ich bin hoch entwickelt und gebildet, *yeah*.

Warum er gegangen ist? Es gibt vielleicht keinen Grund. Oder es gibt mehrere Gründe und nicht einen. Bloß einen Anlass und noch einen, und beim dritten dann setzt man sein Vorhaben auch wirklich in die Tat um. Seinen Koffer hat mein Vater wohl schon ein- oder zweimal davor gepackt gehabt. Und erst beim dritten Mal hat er wirklich, samt gepacktem Koffer, den Lift nach unten ins Erdgeschoß E genommen, nein, er ist noch einen Stock tiefer gefahren, in die Parkgarage P, dort hat er sich in seinen rassigen *Ford Mustang* gesetzt, hat sich, noch in der Tiefgarage, eine Zigarette Z angezündet und ist davongeritten, einer neuen Freiheit entgegen.

Klar, mein Vater hat immer nur Zigaretten der Marke *Zett* geraucht, sie ist stark und *americänistisch*, und sie steht, laut Fernsehen, Plakatwerbung und Internet, für ein Leben als Cowboy oder Ranger im Wilden Westen. Und weil mein Vater *jobbedingt* bloß mit Dollars und Scheinen zu tun gehabt hat, hat er als Kontrast dazu den herben Geschmack körperlicher Arbeit inhalieren wollen. Ich hab selber nur *Zett* geraucht, als ich noch kleiner gewesen bin, und kenne ihren Geschmack, aber seit mein Vater fort ist, kaufe ich mir von meinem Geld manchmal etwas Stärkeres. Als *Alleinstellungsmerkmal*.

Wo sie einander kennengelernt haben? Beim Rodeo. Ja, das gibt's hier bei uns. Nicht jeden Tag, wie in *Ämericah*, aber doch so häufig, dass meine Mutter, als sie es noch mit Tieren zu tun haben wollte, ein regelmäßiges *Einkommen* daraus bezogen hat.

Wie sie ursprünglich zu dieser Rodeo-Sache gekommen ist, weiß ich nicht. Jedenfalls aber ist sie, am Beginn ihrer *vielversprechenden* Karriere, noch mit der *Line-Dance*-Truppe von Arena zu Arena gefahren und hat während der Veranstaltungen *Pulled Pork Sandwiches* verkauft mit *Fiffi Cola* und Pommes. Das ging einige Zeit so, bis sie entdeckt worden ist für die Wahl zur *Miss Teen Rodeo*.

Die *Lady* war jung, schön, *unbedarft*, trug ihre schwarzen Haare zu Löckchen gedreht, frittierte die Pommes gut und füllte die *Sandwiches* großzügig mit Fleisch, sodass sie den Kriterien für die Zulassung zu einer solchen Wahl entsprach. Bis auf die bedauerliche Tatsache, dass sie eben nicht reiten konnte, was für die Wahl zur *Miss Teen Rodeo* natürlich Grundvoraussetzung ist. Die meisten Mädchen dort konnten, wenn sie auch nicht so gut aussahen wie meine Mutter, reiten wie Cowgirls, denn sie waren auf Bauernhöfen aufgewachsen und auf dem Rücken von Pferden gesessen, noch bevor sie richtig gehen konnten.

Nun hat sich einer der Rodeo-Reiter, Sam, der Bruder von Wham und Bam, meiner Mutter angenommen, die zum damaligen Zeitpunkt noch nicht meine Mutter gewesen ist, da ich, sapperlot!, noch nicht auf der Welt gewesen bin. Er hat ihr während der Dauer von nur einem Jahr nicht nur die Kunst des Reitens, sondern auch die des Lassowerfens und des Einfangens von Kälbern beigebracht.

Alles das, in einem Jahr? Alles, was ihr gefehlt hat für den Titel, hat ihr der Cowboy beigebracht. Der *Deal* war, dass, wenn sie am Ende des Jahres denn zur *Miss Teen Rodeo* gewählt werden würde, meine Mutter den Rodeo-Reiter und Cowboy heiraten und den Gewinn der Misswahl, Dollarscheine und einen riesigen Kühlschrank mit *Ice Crusher*, mit ihm teilen würde. *High five!* Meine Mutter hatte eingewilligt.

Und dann? Und dann, nach einem Jahr harter Arbeit, ohne Ferien, ohne Pausen, mit Tränen, Verzweiflung, Durchhalteparolen, war der Tag des Auftritts gekommen. »1, 2, 3!«, sangen die Cheerleader und feuerten die Reiterinnen an, »1, 2, 3!«, brüllte der

Anheizer durchs Mikrofon, »1, 2, 3!«, klatschte und johlte das Publikum, bevor alles anfing.

Meine Mutter war ein verdammtes Ausnahmetalent. Und sie hatte sich, als wäre ihr junges, soeben erst entdecktes und aufblühendes Talent nicht Attraktion genug, *it's Magic!*, das schönste fliederfarbene Cowgirl-Outfit angezogen, das man finden konnte, sie hatte ihre Initialen silbern eingestickt über der linken Brust, sie trug herrliche violette *Boots* mit silbernen Sporen, einen violetten Hut aus Leder dazu, hatte ein pinkfarbenes Tuch um den Hals gebunden und pinkfarbene Fingernägel und Lippen. Dazu die schwärzesten Haare, *curly Curl!* Mein Vater hat oft davon geschwärmt, bevor er uns, bei Nacht und Nebel, verlassen hat.

Ja, auch das *magicalometrical* von A wie Arena bis *Zett*, dass mein Vater damals auch bei diesem Rodeo gewesen ist und schon damals, sehr lässig, dieselbe Marke geraucht hat wie später auch. Mein Vater, *back in the Days* ein junger aufstrebender *Manager* einer kleinen Privatbank, hatte nämlich nicht, wie sonst, Dollars, Karibikinseln oder Hausangestellte beim Wetten verloren, sondern er hat gewonnen, und zwar einen Fallschirmsprung. Und den wollte er, natürlich!, genau über der Arena tätigen. Bevor das Rodeo beginnt, und während eine *unbegabte* Hausfrau aus der Umgebung die Hymne singt, muss einer, ein *Star-Spangled Schpinner,* mit der ausgebreiteten *americänistischen* Flagge vom Himmel *schpringen!*

Und dieser *Schpinner* war eben in jenem Fall mein Vater. Die Sonne ging langsam unter, und er segelte seelenruhig vom Himmel, während unsere Misses O. Say in ihrem *bemühten* Gesang Sterne mit Streifen und Dur mit Moll verwechselte.

Und als er, mitten in der Arena, gelandet war, packte er seinen Fallschirm und lief zu den Schwingtüren, hinter der schon die Cowboys und Cowgirls auf ihren Aufritt warteten, mitten unter ihnen meine Mutter, während der Aufheizer das Publikum aufforderte, der *begabten* Sängerin noch einen Applaus zu spenden. Und gleich darauf fuhren ein paar riesige *Jeep Cherokees* durch die Arena und zeigten Autotricks, fuhren über rasch aufgebaute Rampen, tröteten laut, blinkten, kreisten um sich selbst und fuhren wieder ab.

Nun war der Cowboy an der Reihe, der meiner Mutter alles beigebracht hatte, »alles hat er ihr beigebracht!«, er ritt hinaus, sein Pferd, den Gurt eng um die Flanken geschnallt, es bockte und sprang wie wild, es schüttelte ihn durch, warf ihn beinah zu Boden, aber er, er konnte sich halten, ritt weiter, vorbei an den ersten Zuschauerrängen, wo die Leute jubelten und klatschten mit ihren fettigen Pommes-Fingern, gleich darauf wurde er von zwei berittenen Helfern eingeholt und vom Pferd geholt, das weiter durch die Manege raste, bis es wieder langsamer wurde, nicht mehr galoppierte, sondern trabte, trabte, zurück hinter die Schwingtür zu den anderen.

Und die Dauer dieses Auftritts hatte mein Vater genützt, um meiner Mutter, *actually*, eine *Zett* anzubieten, die sie dankend angenommen und geraucht hatte, um sich danach auf ihr Pferd zu schwingen und es dem, ihrem, Cowboy, der vor ihr an der Reihe gewesen ist, gleichzutun, zu reiten, zu springen, geschüttelt zu werden, beinah zu Boden zu fallen, sich halten zu können, weiterzureiten, beklatscht und bejubelt und schließlich vom Pferd geholt zu werden.

Und dann? Ja, dann holte sie sich den Titel der *Miss Teen Rodeo*. Und der erste, der in die Manege hinausgelaufen kam, um ihr zu gratulieren, war mein Vater, den Fallschirm, nicht eingepackt, noch hinten an seinem Rucksack. Und immer die Zigarette im Mund! »Na, na, na, wie wär's denn mit uns zweien, Puppe?«, hat er gesagt, und das hat meine Mutter schwer beeindruckt.

Ja, so spielt man das Spiel, und bei dieser Geschichte hat man auch nicht lang auf die Sexstellen warten müssen, denn die haben sofort ein neues Kapitel eröffnet im Leben meiner Mutter, die angeblich bald darauf schwanger gewesen ist.

»*Pregnant, really?*«, fragt mein Vater.

»*Pregnant, indeed*«, sagt meine Mutter.

Und der Schimmi sagt: Man kann einen Satz in vielen

unterschiedlichen Melodien vortragen, Dur und Moll, und jedes Mal bedeutet er etwas anderes.

Und dann? Ja, dann hat sie meinen Vater geheiratet und hat, nach meiner Geburt, weiterhin als Rodeo-Reiterin gearbeitet, nicht weil die beiden das *Einkommen* jetzt noch benötigt hätten, sondern weil es meinem Vater gut gefallen hat, wenn er meiner Mutter beim Reiten hat zusehen können. *Yo.*

Als *Job*? Nee, als *Job* würde ich das niemals machen. Aber als *Hobby* bin ich auch geritten. Hab ja das Talent von der Mutter geerbt, die Kühnheit vom Vater und die Muskeln von beiden. Als ich kleiner gewesen bin, hab ich dabei Motorradhelm und Ellbogenschoner getragen und mich auf einem wild durch die Arena stiebenden Schaf festgehalten, bis es mich abgeworfen hat. Oft hab ich mich dann aber noch für ein paar Sekunden halten können, unten am Bauch des Schafes hängend, zwischen den vier Beinen, während das Schaf rannte und rannte wie vor einer Gefahr davon, und den Staub hat's mir ins Gesicht geblasen auf uns'rem wilden Ritt.

Später? Später hab ich damit aufgehört. Schule war wichtiger, *you know*. Hab zwar nicht immer aufgepasst, aber das meiste macht man ja ohnehin mit Recherche plus *Inschtinkt*. Realismus, Baby!

Baby, du willst wissen, was aus dem Cowboy geworden ist, dem meine Mutter die Heirat versprochen hat? Ja, der hatte schon das Aufgebot bestellt gehabt in einer *Wedding Chapel* mit *Gospel Choir*, ihr Weg dorthin auf den Rodeo-Pferden. Nach der Trauung der Schritt aus der Kapelle hinaus ins Freie unter einem Regen von fliederfarbenen und violetten Blütenblättern, ein *Soundsystem* mit Boxen und Bassverstärker spielt *Mustang Sally, hah, hu-oh yeah.* Dann Fahrt zu zweit hinaus zu *Wilson's Orchard,* dort gemeinsame Apfelernte, *Apple Cider* trinken und *Apple Turnover* essen, der Cowboy wusste schließlich, wie sehr meine Mutter *Pulled Pork* mit Pommes schon satthatte. Später kleine Wanderung durch den Nationalpark, dann, dennoch, *Burgers* im *Northside Bistro, medium rare,* sie wüsste ja, wie sehr er sein Steak liebte zwischen den Weißbrotscheiben, mit Ketchup dazu und Zwiebeln, später ein paar Flaschen IPA. Danach, endlich, gemeinsam zurück in den *Trailer Park,* wo er seinen Wohnwagen stehen hat, der ab jenem Zeitpunkt auch der Wohnwagen meiner Mutter hätte sein sollen, wo der große Kühlschrank mit *Ice Crusher* eigentlich auch ganz gut, und wie versprochen, hineingepasst hätte.

Ja, das hat er sich gut ausgedacht gehabt, der Sammy *in Love.* Aber erstens ist meine Mutter keine Frau, die sich von einem Wohnwagen beeindrucken lässt, wenn sie stattdessen, *unerwartet,* ja, ein Apartment haben kann samt nie endendem Nachschub an Zigaretten und *Fitaminen,* zweitens war der Sam, wie leider auch sein Bruder Wham, einfach nur schlecht im Bett, »einfach nur schlecht im Bett«, das gibt es, ja, und drittens ist sie zu jenem, ebenjenem, Zeitpunkt bereits, ohne dass sie mit Sam die *Aussprache* gesucht hätte, *ungewollt* schwanger gewesen.

Der Sammy ist mein *biologicaler* Vater, *really, pregnant!*, während mein Manager-Vater mein *aestheticaler* Vater ist. Was meiner Mutter als Idee gut gefallen hat, weshalb sie die *Abstammung* meiner Wenigkeit, Schimmi, von ihm, Sammy, erst mal meinem Manager-Vater gegenüber nicht zum Thema gemacht hat. »Jim, das ist zwischen deinem Vater und mir nie Thema gewesen.«

Mama, Mutter, Mutti. Als ich dann, ich Winzling, von diesem Schaf gestürzt und gefallen bin und, aus Versehen, der Sammy das Pferd, dessen Flanken er so fest zusammengegurtet hat, dass es auch ja kräftig bocken möge, in die Arena gelassen hat –
»Hör auf, Jim. Davon will ich nichts wissen.«
Davon will sie nichts wissen, das sagt sie oft. Früher zu meinem Vater, jetzt zu mir. Deshalb frage ich sie auch erst gar nicht.
Nein, das zu fragen, trau ich mich nicht, stattdessen sage ich: »Ja, Mutter, ich arbeite, ich gebe die Schmutzwäsche in den Wäschekorb, ich esse frisches Obst, ich vermisse dich, auch wenn du fast immer hier bist, in diesem Apartment, mit mir.«
– Mama, Mutter, Mutti. Als ich dann in der Arena gelegen bin, der Motorradhelm war ja noch über meinem Kopf, als dann das Pferd auf mich zugelau-

fen gekommen ist, gerannt, galoppiert, als es dann keine Runden mehr gedreht hat vor den ersten Zuschauerrängen, sondern direkt auf mich zugesteuert ist –

»Hast du auch mit keinem Mädchen gesprochen, Jim?«

»Nein, Mutter, kein Mädchen.«

– als es dann über mich geritten ist, darübergaloppiert, als es mir seine Hufe in den Bauch geschlagen hat und auch auf den Kopf, als dann der Kinder-Motorradhelm gebrochen ist und das Pferd meinen Kopf getroffen hat, meine Stirn –

»Ich geh wieder ins Zimmer, gut?«

»Ist gut, Ma'.«

– als der Sammy, als ich schreiend, kreischend, heulend, blutend, zerfetzt am Boden gelegen bin, als er da sein Pferd nicht sofort zurückgepfiffen hat –

»Ist noch was, Jim?«

– hat er da gewusst, dass er mein leiblicher Vater ist? Und als ich in der Notaufnahme, in der Intensivstation, in der Quarantäne um mein Leben gekämpft habe, *holy Shit*, und mir der Vater hätte Blut spenden wollen, der Manager-Vater, hat er da erfahren, dass ich, Schimmi, nicht sein leiblicher Sohn bin?

»Bist du nach meinem Unfall weiterhin jeden zweiten oder dritten Tag in die Arena gefahren und hast dort dein Programm absolviert?«

»Welches Programm, Jim?«

»Deine *Miss-Teen-Rodeo*-Kür?«

»Ach, Jim. Dafür war ich doch schon ein paar Jahre zu alt.«

»Warst du weiterhin jeden zweiten oder dritten Tag in der Arena?«

»Was hat das *damit* zu tun, Jim?«

»Ich frage dich, Mutter.«

»Wenn ich das Reiten aufgegeben hätte, wärst du davon rascher gesund geworden?«

Tatsächlich ist sie noch geritten, solange mein Vater bei uns geblieben ist. Erst der Morgen, an dem er fortgefahren ist, ist auch der Tag gewesen, an dem sie aufgehört hat zu reiten.

Jetzt hab ich sie hier tagsüber ständig im Apartment und muss so tun, als wäre ich besonders *pflege-bedürftig*. Dabei leide ich bloß an ganz gefährlicher Ü-ü-überbegabung, inklusive Fernsehsucht.

Seither hat meine Mutter, bis auf den Blaufuchs, kein Tier mehr angefasst, ganz zu schweigen davon, dass sie je wieder auf einem geritten wäre.

Ich zappe weiter. Der Bär ist fort, die Käfer beinah verspeist, der Kolibri lässt ab von seiner Mahlzeit, flattert weiter und setzt sich auf eine rosarote Blüte, deren Blätter außen beinah weiß sind und die nach innen hin dunkelrot werden.

»Eine rosarote Blüte«, murmle ich jetzt, »deren Blätter außen beinah weiß sind und nach innen hin dunkelrot werden.« Ich sage es nicht *sexualistisch*, nein, ich sage es lyrisch, ich sage es flötend. Und sehe dann noch ein bisschen zu, wie die Kamera wegzoomt von der Blüte, in deren Kelch der Kolibri nun seinen langen, schmalen Schnabel versenkt hat, und einen größeren Ausschnitt der Landschaft zeigt. Echt viel Grün, echt recht viel Grün. Grashalm für Grashalm. Aber nun auch Wiese für Wiese, Au für Au, Tümpel für Fluss für Weg und für Wald. Farne! Siebentausend Varianten von Farnen, ja. Später sieht man den Bären von vorhin wieder, er hat endlich eine Bärin gefunden, und nun haben sich die beiden ineinander verkeilt und rollen so, zu zweit, über die grüne, grüne Wiese.

Der Nebel hat sich beinah gelichtet, und es ist Nacht geworden. Ich nehme das Fernrohr zur Hand, halte es fest umschlossen in meiner Faust und sehe zum Tower XY hinüber. Mmmh! Ich würde jetzt auch gern ein bisschen rollen! Oder ein bisschen zusehen dabei.

Doch im Turm gegenüber ist niemand zu sehen. Ob just in diesem Moment, frage ich mich, Frau Chow weiter an ihrem Rotkäppchenkostüm näht? Und Ninni sich die Nägel feilt? Ein süßer Gedanke, *super sweet*. Ich setze mich zurück aufs graue Sofa, lege die Füße auf den Tisch, sehe die Banane in der Schüssel dort und spucke auf den grauen Teppich. Durchaus schillernd.

Dann drücke ich wieder die Fernbedienung, bis zum 69. Kanal, und auch diesen hält meine Mutter verschlüsselt, natürlich. Denn meine lebende, mich liebende, doch sparsame und *zoophobicale* Mutter weiß, dass dort ein Mädchen auf mich wartet. U-u! Ich habe es gekannt, noch bevor ich Ninni zum ersten Mal gesehen habe, und es hat mir alles beigebracht, was ich zu einem früheren Zeitpunkt über den Zusammenhang von Liebe und Marktwirtschaft noch nicht gewusst gehabt habe.

Ein sehr schönes Mädchen übrigens, ein sehr animalisches, wie Ninni selbst. Manchmal besser animalisch als schön, sagt Schimmi. Aber bei der Ninni alles tipptopp, das volle Programm, mehr noch: *tippitoppi* in *Waikiki*.

Auf dem *Waikiki Beach*? Nee, dort war ich noch nie. Liegt auf Honolulu, gehört zu Hawaii. Hawaii mit zwei -i-. Dort trinkt man den ganzen Tag lang *Blue Curaçao*. Waikiki Beach, wo die mit Blumenkränzen behängte Statue von *Duke Kahanamoku* steht. Wäre ich, statt von -i-, ein Fan von -a-, wäre ich verknallt in *Kahanamoku*, nur seines Namens wegen. Er war der göttlichste Surfer, den die Welt je gesehen hat. *Verbalistisch* aber viel zu zahm: *Don't talk – keep it in your heart.* Schimmi sagt das Gegenteil: Spuck's aus deinem Herzen auf den Teppich, rede! Rede, rede dich um Kopf und Kragen, rede dich um den Verstand, oh-oh, oh-oh!

Also, ich hab da, wie gesagt, im Fernsehen eins dieser Mädchen. Sagen wir, das mit dem brünetten Haar. Und mit dem würde ich gern ein bisschen reden und rollen. Wenn ich dafür zahle, kann ich es auf Kanal 69 sehen, und es sagt: »Ruf-mich-an.« Das Mädchen ist jeden Tag da, auf dem Bildschirm, und es erzählt Geschichten, tausend und eine, darüber, wie sehr es mich liebt, und auch darüber, wie treu es mir ist. In etwa.

Ich kann ihr dabei aber nicht in die Augen sehen, denn ein schwarzer Balken durchquert sein Gesicht. Ja, mehrere schwarze Balken durchqueren es, Balken, zwischen denen seine Haut hervorblitzt, sein Popo, *po-po-poetical!*, sein gefärbtes Haar und das bunte Spielzeug in seinen Händen, Spielzeug in den Farben von Gummibärchen, die miteinander über die Finger des Mädchens rollen, bis sie sich wieder trollen. Ja, ich hab einen Blick fürs Detail, und das Balken-Mädchen vom Balkan gefällt mir.

»Dich durchquert ein schwarzer Balken«, sage ich zu ihr in Richtung Bildschirm, »und er schirmt dich ab von mir, oh-oh, oh-oh.« Ich sage es technisch, ich sage es aber auch metaphorisch.

Mein Name ist Schimmi, und der Name des Mädchens ist Zindi. Zindi spricht zu mir, jeden Abend. Ich habe mich an sie gewöhnt. Bevor ich Ninni gekannt habe, habe ich Zindi geliebt. Ehrlich! Ich habe geglaubt, ich würde kein zweites Mädchen treffen, das zwei -i- im Namen trägt.

Heute muss ich warten, bis ich mein Telefon zurückbekomme, und zu Zindi sagen: »Zindi, ich ruf-dich-an. Ruf-dich-an, wenn mir die Mutter endlich das Telefon zurückgibt.«

»Komm«, sagt Zindi im Fernsehen dann, »*cum*«.

Und ich sage: »Ich kann nicht kommen, denn ich werde hier gehalten wie ein Tier, ein Käfer gar.« Wie ein Tier, wie ein Käfer. Das sind Vergleiche, ich hoffe, Zindi begreift Vergleiche.

»Komm!«, sagt sie wieder.

»Komm doch selbst«, rufe ich. »Kooomm!«, brülle ich das TV-Gerät an, und es antwortet: »Ruf-mich-an!«

Zindi aus dem Fernsehen ist halt leider schwer von Begriff, was die technischen Möglichkeiten der *Interaktivität* anbelangt. Scheinbar nicht *up to date*, wie alle Mädchen aus dem Fernsehen. Die wollen es sich leichtmachen. Wollen angerufen werden und sich dabei nicht zeigen. Locken einen über den Fernsehbildschirm, damit man eine Nummer wählt, und dann soll man sich mit ihren *Schtimmchen* allein zufriedengeben. Hätte ich den Fernsehmädchen, nach zu viel Kakao am Abend und zu vielen Zigaretten aus dem Schrank meines Vaters, nicht vor Jahren einst die Treue geschworen, ich wäre längst, wie viele, ins Internet abgewandert. Ehrlich. »Ruf-mich-an.«

Ich bin Schimmi, und ich wünsche mir, dass Zindi mich sehen kann. Meine Schuhe! Und wie ich auf dem grauen Sofa sitze und die rechte Hand in der grauenvollen Hose habe und die linke an der Fernbedienung, während ich warte, dass Zindi sich bewegt und andere Teile ihres Körpers sichtbar werden zwischen den Balken. Ich wünsche mir, dass Zindi sehen kann, wie der Daumen vom Schimmi an seiner linken Hand dick angeschwollen ist vom vielen Zappen, hockend auf dem grauen Sofa.

Das sogenannte Zappen bezieht sich übrigens auf die Tätigkeit des Daumens mit der Fernbedienung eines TV-Geräts. Das Wischen wiederum bezieht sich auf den Zeigefinger auf der *Benutzeroberfläche* eines Smartphones. Das Surfen hingegen bezieht sich nur auf das, was *Duke Kahanamoku* besser gemacht hat als wir alle zusammen.

Ja, bei Vokabeln hab ich in der Schule richtig gut aufgepasst. Schimmi sagt: Denn auch im Kleinen können wir so viele Unterscheidungen machen. Ein Vogel ist kein Käfer, obwohl sie beide Flügel haben. Und auch der Mensch stammt nicht vom Affen ab, obwohl sie beide Primaten sind. Es ist gar nicht so schwer zu begreifen.

Würde sich, beispielsweise, einer wie ich zum Affen machen, es wäre kein sogenannter *evolutionärischer Rückschritt*. Weil der Affe keine Vorstufe des Menschen ist. Der Affe ist ein Verwandter des Menschen. So, wie eine Mutter eine Verwandte ihres Sohnes ist.

Im Hause Schamlos ist eine Verwandtschaft äußerlich erkennbar daran, dass wir alle dunkle Haare haben beispielsweise. Sofern wir helles Haar haben wollen, müssen wir unser dunkles Haar erst bleichen lassen.

Und genau das habe ich getan mit meinem Kopfhaar. Und danach bin ich den Eindruck nicht losgeworden, dass das Brusthaar nun nicht mehr zum Kopfhaar passt. Und später hat mich das Schamhaar gestört, das so dunkel sich abgesetzt hat von meiner weißen Haut und den blondierten, dabei rot schimmernden Brusthaaren. Und dann, als auch die Schamhaare alle gelbblond gebleicht gewesen sind, da ist mir erst aufgefallen, wie viele Haare ich auf meinen Armen und auf meinen Beinen habe. Und dann bin ich erst einmal ratlos vor dem Spiegel im

Badezimmer gestanden und habe mich am Kopf und unter den Achseln gekratzt.

Ratlos sitze ich wieder auf dem Sofa, vor meinen Augen nicht nur den Fernseher, sondern auch die Schüssel mit frischem Obst, die mir meine Mutter auf den Tisch gestellt hat. Ich kicke sie weg, bis sie zu Boden fällt. Die Früchte kullern über den grauen Teppich und bleiben dort liegen. Es riecht nach reifen Feigen und Zucchiniblüten, nach aufgeschnittener Kiwi und Melone, nach Physalis und Zwergorangen. Bald werde ich aufstehen, um darauf herumzutrampeln.

Meine Mutter lebt, die Käfer sind, bis auf den letzten mit zwei Beinchen, tot, und Zindi hat sich wieder bewegt: »Ruf-mich-an.«

Jetzt sehe ich wieder, dass sie doch Augen hat und zwischen den schwarzen Balken aus dem Fernseher herausblinzelt. Und trotzdem, wie ich jetzt mit der Banane spiele, sieht sie nicht. Ich mache jeden Abend etwas anderes mit ihr, denn jeden Tag aufs Neue will mich meine Mutter mit frischen Bananen füttern, damit ich noch größer und noch stärker werde.

Nein, die-Banane-ess-ich-nicht.

Ach, steck sie dir doch sonst wo hin, ist es meiner Mutter einmal ausgekommen, als ich die *Fitaminzufuhr* verweigert hab. Eine *verbalistische* Entgleisung ihrerseits, die mich erst auf Ideen gebracht hat. Die Banane ess ich sicher nicht. Ich will nicht vergiftet werden durch Fruchtfleisch. Mein Körper ist nicht gewöhnt an *Fructosis*, er braucht Zucker und Brausepulver. Und ein paar bunte *Phetaminnis*, die ich mir kralle, wenn ich wieder am Nagelstudio vorbeikomme.

Zindi, ich würde dich so gerne anrufen. Ich werde allerdings, *actually*, von den Errungenschaften der Kommunikationsgesellschaft ferngehalten. Seit Stunden ohne Telefon. Als Strafe. Wegen der paar Euros! Das ist doch kein richtiges Geld. Ich hab's ausprobiert, das kann doch jeder daheim nachmachen: Euros brennen, Dollars nicht. Wenn die Euros nicht mehr wert sind als die Asche, die mein Feuerzeug produziert, steck ich sie doch besser gleich in ein paar *Calls* bei meinem Mädchen, als *emittionales Kapital*. Sie wartet auf mich, und sie freut sich, wenn ich anrufe. Ohne mich langweilt sie sich.

»Hello, hier sprickt Cindy, was kann ick für dick tun?«, sagt sie jedes Mal zur Begrüßung.

Einiges, antworte ich daraufhin immer, einiges, liebe Zindi.

Sie sagt mir dann, dass sie auf mich gewartet hat und dass ich ein ganz ein Großer bin. Sie will nicht auflegen, nie. »Jim, mir ist so hot«, hat Zindi immer gesagt, wenn ich sie angerufen habe.

»Ja, meine Güte, Zindi, habt ihr keine *Aircondition*?«, habe ich da einmal in den Hörer gebrüllt und ihr, dann ruhiger, ausführlich die *Investitionen* geschildert, die meine Mutter getätigt hat in unser Apartment.

»*Motter?!*«, hat Zindi plötzlich gefragt, da ist auch ihr Ton bestimmter geworden.

Dann haben wir eine kurze Stille zu überbrücken gehabt, und ich habe, deutlich hörbar, geschluckt. Oder habe ich, halblaut, gesagt: »Gulp?«

Daraufhin Zindi, wieder sehr süßlich: »Just about the Kleingedruckte, Jimbo. Ick muss dätt fragen. Bist du eigentlick über 18?«

Und ich habe gesagt, sehr affirmativ: »Klaaar.«

»Dann bestätige bitte nock einmal deine Kreditkartennummer.«

Dass Zindi so gewissenhaft ist, das rührt mich jetzt noch, wenn ich daran denke. So gesetzestreu. Und sie ist natürlich nicht vom Balkan, sondern, natürlich, selbstredend, selbstverständlich aus den Vereinigten Staaten von *Ämericah*. Mit regulärem *Aufenthaltstitel*.

»Oh mein Gott!«, habe ich gerufen, als sie es mir verraten hat, meine Zindi, aus den U.S.A.! Da kennst du dich ja aus mit Dollars und mit Football, mit Rodeo und mit Cheerleadern, mit Super Tuesdays und mit Bundesstaaten, mit Highways und mit Sitcoms! »Meine Zindi, dick schickt der Himmel!«

Ja, so schön war es, als ich sie an der Strippe gehabt hab. Da ist mir die Ninni dagegen noch ziemlich egal gewesen im Tower XY.

Ich zappe wieder weiter, von 69 hinunter zu 6. Der

Kolibri aus der Natursendung von vorhin hat kurz abgelassen vom jüngsten und allerletzten Käferkind, um sich in die rosarote Blüte zu vertiefen, während das Käferkind mit den zwei übrigen Beinchen vom Grashalm gestolpert ist und gerollt. Als der Kolibri fertig gewesen ist im Inneren der Blüte, ist er wieder zum Grashalm geflattert und hat sich an den Zweibeiner erinnert.

Hat er sich erinnert? Haben Vögel denn Erinnerung? Oder ist es ein *Inschtinkt*?

Ja, was?! Ein Käfer auf zwei Beinen? Der hätte doch bloß noch gelitten. Was hätte ich tun sollen? Eingreifen? Die Sendung ist doch vorab schon aufgezeichnet gewesen, da hat es doch später nichts mehr zu gewinnen gegeben! Soll ich denn jeden Käfer retten? Jede Fliege schonen? Bin ich, Schimmi, zuständig für die ganze Welt? Meine Mutter ist doch größer als ich, das Fernsehen ist doch größer als ich, das Internet sowieso. Ich will einfach bloß Zindi anrufen, mit einem Apparat, nur halb so groß wie meine Hand.

Ich springe auf vom grauen Sofa, hechte über den grauen Teppich, Feigen, Physalis und Zucchiniblüten kleben an den Sohlen meiner Schuhe, und laufe in die graue Küche. Wo alles glänzt, weil eine Reinigungsdame hier täglich den Boden feucht wischt, damit ich darauf, als wär's der spiegelglatte Ozean, surfen kann.

Wie *Duke Kahanamoku*? In etwa. Übrigens, der war auch als Schwimmer bei den Olympischen Spielen, und wer hat damals, über 69 Meter Freistil, vor ihm die Goldmedaille gewonnen? Johnny Weissmüller! Johnny Weissmüller! *Tarzan the Ape Man*. Ich sag's ja. Alles hängt mit allem zusammen, aber eben nur selten *kissal*, meistens *kirrelativ* und manchmal total *kollateralisch*.

Die Reinigungsdame? Heißt Guadalupe. Guadalupe, die für uns putzt, aber die auch dafür bezahlt wird, mir jeden Morgen mein Shirt aufs Bett zu legen und mir die Tasche zu packen für meinen wichtigen *Job*. Ja, auch ein *Job* von zu Hause aus benötigt täglich eine vollgepackte Tasche, einen gebügelten Anzug, ein frisches T-Shirt darunter, ordentliche *Schnickers* und einen Batzen Gel in der Frisur.

Woran man gleichzeitig sehen kann, in welcher Zwangsgemeinschaft ich hier, als erwachsener Mann, gehalten werde mit einer Mutter, die mich einmal behandelt wie ein Kleinkind und ein andermal wie einen Liebhaber. Mit einer Reinigungsdame namens Guadalupe.

Wozu das Ganze? Um vorzutäuschen, dass ich sie brauche. Stichwort *besondere Bedürfnisse*, exakt. Um nämlich darüber hinwegzutäuschen, dass *sie* es ist, die mich braucht. Um mich, letztlich, für immer an sie zu binden, schlimmer noch, *forever*.

»Unendlich und fad ist diese, wie jede, Ewigkeit«, sage ich laut, und mein *besonderes Bedürfnis* wäre jetzt sehr einfach zu befriedigen, wenn sie nicht fortgefahren wäre mit meinem Mobiltelefon in ihrer banalen *Gitschi*-Tasche.

»Unendlich und fad«, wiederhole ich, während ich auf meine Mutter warte, und gähne. Es ist ein kurzer Moment, der mich aus dieser Ewigkeit aufschrecken lässt: Als ich mich in der Küche im Glas der Mikrowelle spiegle. *Tippitoppi!* Wie gut ich aussehe, hab ich kurzfristig beinah vergessen gehabt ohne meinen *Selfiestick*. Und nun, im Glanz meines Anblicks, mache ich einen knappen *Dance Move*, das Kinn nach unten, das rechte Bein nach hinten ziehend, den Kopf dann vorreckend, die linke Hand von hinten her über den Kopf streifend nach vorn bis zur Stirn, die rechte Hand mit festem Griff an den Eiern, *Ball so hard!*, die blondierten Haare ins Gesicht, strenger Blick, eine sogenannte Schnute ziehend, dann *frieze*. Und gleich darauf wieder ganz normal weiterspaziert. Es ist ein schneller Check meiner *gymnasticalen* Flexibilität.

In der blankgewischten Küche sind unsere Vorräte von Guadalupe nach Form und Farbe geordnet worden. In den oberen Schubladen die Äpfel und die Birnen, die *niemals nicht* miteinander verglichen werden dürfen, dann die Bananen, dann die Kiwis, darunter der Fenchel und die Tomaten. In den Schubladen daneben sind, unvergleichlich, die Maiskolben, die Artischocken, die Zucchini, der Rettich, ein Sack Walnüsse in der Schale, außerdem grüne Oliven mit Kern. Weiter unten, ganz und gar unvergleichlich auch sie, eine Ananas, ein Sack Zitronen, ein Netz mit Orangen, ein Glas mit eingelegten Lychees. Und so geht es die gesamte Küche entlang und von unten bis oben und von oben bis unten, meine Mutter ist *obsessed with Fruits*.

Ich schäle die Banane von vorhin, werfe die Schale hinter mich, beiße den vordersten Spitz ab und spucke ihn auf den Boden. Die scharfe *Fructosis* hat mir ein Loch in meine Zunge gebrannt! »Widerlich!«

Schimmi sagt: Das kann nicht alles sein, was es in einer Küche zu finden gibt. Die Mutter nimmt doch auch etwas zum Einschlafen und etwas zum Aufwachen. Sie nimmt doch auch etwas, um sich für den Abend in Stimmung zu bringen, und sie nimmt etwas, um untertags ihren Sohn zu ertragen.

Dass er so unerträglich wäre?! Nee, sehe ich nicht so.

Der Schimmi holt jetzt eine Leiter. Irgendwo muss doch der Zucker sein. Er reibt sich die Hände warm und nimmt die ersten Stufen, steigt hoch und höher. Ja, an die besten Stücke kommt man dort, wo es schwierig wird. Schublade für Schublade. Und je höher er kommt, desto großartiger werden die Vorräte, die seine Mutter dort hortet. Ja, der Schimmi sagt es episch, er sagt es prosaisch: Zuerst noch Müsliriegel und Trockenfrüchte, aber bald schon sind sie überzogen mit weißer und dunkler Schokolade und Kokosflocken, und dann, weiter oben, finden sich die ersten Riegel ohne den sogenannten Fruchtanteil. Die Riegel mit den Namen der Planeten. »Marsplanet, in meinen Mund, *Schnickerplanet*, ich werd dich schlucken!«, juchzt der Schimmi.

Weiter oben leuchten Gelatine und Tortenglasur in Tuben, silberne Perlen aus Zucker, bunter Streusel. Mir rinnt der *Schpeichel* im Mund zusammen, und ein glitzernder Tropfen davon fällt hinunter über mein Kinn aufs T-Shirt. »Gib dem Affen Zucker«, johle ich, »gib dem Affen Zucker!«

Da! Grüne Frösche springen mir ins nasse Maul, blaue Delfine, rote Himbeeren, in weißen Zucker getunkt, weiß-blau-rosarote Pilze, schwarze Lakritz. Grüne und braune Kügelchen, mit Brausepulver gefüllt, Gummibären, *Jelly Candies*, süße Schnuller und Herzen mit schaumig weißem Boden. Rote Schlangen, meterlang, dann gelber Pudding und Schokoladensoße, abgefüllt in Plastikflaschen. Drops und Bonbons und Pillen, deren Hülsen man öffnen kann, und aus denen etwas herausrieselt. *Marshmallows* in den Farben von heller Kreide, Traubenzucker in Tablettenform, Puderzucker, weißes Pulver, Mehl. *Phetaminnis! Pheta-minni-nis!*

Ich werfe alles in meinen Schlund, in meinen Riesenschlund, und es mischt sich dort und sprudelt und schäumt und drängt in seifigen Blasen, durch das Loch in meiner Zunge, wieder aus meinem Mund hinaus und aus meiner Nase. Und als ich versuche, die Löcher zu stopfen mit neuem Teig, Zucker und Gummi, da spüre ich es und greife danach. Ja, wirklich, es wächst mir auch aus den Ohren heraus, ist blau und unverdaut und grün und teils durchsetzt von durchsichtigem Gelb. *And yes, I think, this is very, very sexy. I can feel it, deep down inside me.*

Sehr sexy habe ich also sehr viel gegessen, um mein *Girl* zu vergessen. *Frustessen.* Und weil ich so sexy viel gegessen habe, hat es mich von der Leiter geworfen. Es ist zu viel gewesen, vor allem zu viel Schaum. Ich selbst hätte mich, *gymnastical* betrachtet, ja noch halten können, aber der Schaum hat mir doch einen rutschigen Strich durch die Rechnung gemacht. Gut, dass Zindi nicht aus dem Fernseher heraus zugesehen, sondern bloß noch ein paar Mal »Ruf-mich-an!« gerufen hat, aber das hab ich kaum noch hören können, hier in der Küche.

Mittendrin habe ich immerhin einige Momente von Einverständnis gehabt mit der Welt und die Welt mit mir. Und mit all dem klebrigen Zeug im Mund hab ich auch bald Ideen im Kopf gehabt, was ich mit Zindi anstellen könnte. Wenn ich sie wieder anrufen können würde, um sie zu mir nach Hause zu holen. Eine gewisse Summe an kaufkräftigen Dollars braucht es schon, um im Voraus gut planen zu können. Wer weiß, sie will vielleicht bei mir einziehen, und die Reinigungsdame Guadalupe muss dann auch Zindis Kleidung waschen, bügeln und jeden Morgen auf unser gemeinsames Bett legen. Welch logistischer Aufwand! Zindi braucht zusätzlich vielleicht Süßigkeiten und noch mehr Gummi-bärchen-Spielzeug, um auch für längere Zeit bei mir bleiben zu wollen. Man kann eine *pretty Woman* schließlich nicht festbinden, auch nicht aus Grün-den der Liebe, ich bin da an den *gesetzlichen Rah-men* gebunden. Schimmi sagt: Denn es gibt unter-schiedliche Arten der Bindung.

Weil ich, wie gesagt, so viel gegessen habe, hat es mich von der Leiter geworfen. Zum Schaum ist noch ein leichtes Übergewicht gekommen. Logisch, ich hab vielleicht siebzehn volle Regale, da schon eher kolibrimäßig, leergeschlürft. Ich geriet dabei, freilich käfermäßig, aus dem Gleichgewicht und vielleicht auch in eine Art von Delirium, *Desire* und Delirium. Ich hab von der bezaubernden Zindi geträumt, und der Schaum ist dabei aus meinem Mund gekommen. Ich habe da die Vision gehabt, eine dieser zuckrigen Blasen würde mich hinuntertragen auf den Boden. Nicht dass ich auf ihr sitzen könnte, nein, eher würde sie mich umschließen und dann, mit mir mittendrin, hinunterschaukeln. Die Blase meine ich, nicht Zindi. Vielleicht ist es auch genau so abgelaufen, das kann ich jetzt nicht mehr rekonstruieren. Als ich jeden-falls, so oder so, am Küchenboden unten angekommen bin, bin ich, *erwartbar*, auf der Bananenschale, die dort gelegen ist, ausgerutscht. Ich hab noch einen Moment lang mit meinen zwei übrigen Beinchen in der Luft gerudert, um das Gleichgewicht wiederzuerlangen, vergebens.

Es hat mich volle Länge auf den Boden niedergestreckt. *Kapow!* Mit dem Gesicht hab ich noch eine rote Bremsspur auf dem blankgewischten Küchenboden gezogen. Wäre mir davon nicht speiübel geworden, hätte ich gesagt, dass es eine einwandfreie *Slapsticknummer* gewesen ist. Aber es war ja kein Trick, sondern *bitterer Ernst*. Durch meinen Aufprall dann sind die Sahnetorten auf dem höchsten der Regalbretter ins Wanken geraten, nämlich derart ins Wanken, dass auch diese noch, *zu allem Überfluss*, auf mir gelandet sind, der Reihe nach.

»Da wird die Mutter aber schimpfen!«

Und mit dieser hochgradig schmerzhaften Verletzung, die ich mir hierbei zugezogen habe, bin ich dann noch einmal auf die Leiter gestiegen und habe mir gesagt: Diesmal machst du es richtig. Ich habe es laut gesagt, also: »Diesmal machst du es richtig.«

Noch einmal von vorne. Der Schimmi hat noch eine Chance, die Sache geradezurichten. »Noch eine *Schangse*, Schimmi, noch eine *Schangse*. Nutze sie, wie es die Marktwirtschaft dich gelehrt hat!« Das Wort von der Marktwirtschaft hab ich in diesem Moment vielleicht doch nicht laut ausgesprochen. Aber für mich leise gedacht.

Und so steige ich, vom *neoliberalischen* Gedanken gestärkt, noch einmal hinauf bis zum obersten Regal und beginne, noch einmal zu essen, was zu finden ist. Ich versuche, den Schaum diesmal in meinem Schlund zu speichern, damit er sich dort gleichsam verdichten und kristallin ablagern kann. Ich schlucke immer wieder dagegen, wenn er heraufkommen will, und dann halte ich mich, *richtig doll* sagt man, an der Leiter fest und steige *Step by Step* hinunter. Kicke die Bananenschale mit meinem *Schnicker* locker weg und trete ganz lässig auf festem Boden auf. *Well*, und so, unversehrt, spaziere ich zurück ins Wohnzimmer, pfeife ein Lied vom süßen Leben, wische mir die schmierigen Pratzen an der Hose sauber, pflanze mich vors TV-Gerät und zappe weiter.

Sehr spät kommt meine Mutter in dieser Nacht heim, sehr spät, und sie sieht aus, als hätte sie einen Käfer verspeist. Ich sage es *dramaticalisch*: Ein oder zwei blau-grün schillernde Käferbeine ragen zwischen ihren Lippen hervor. Es riecht nach süßem Prosecco und geschnittenem Gras. An ihrem Blaufuchs hängen vereinzelt Blätter, und Erde klebt noch an den Absätzen ihrer *Schtilettos*. Erde, schwarze Erde und brauner Humus. Das ist nicht der graue Staub der Straße. Das ist nicht der Dreck der Großstadt.

»Jim, guten Abend«, *raunt* sie mit *tiefem Vibrato*, »so spät noch wach?«, und schlägt die Lider nieder, an denen ihre langen falschen Wimpern kleben. Wie sie das sagt! Sie sagt es tatsächlich mit einem *tiefen Vibrato*, wo sie doch sonst einen schrillen Sopran pflegt, das ist so *durchschaubar*, so *billig*, so *abgedroschen*. Ich habe lange genug auf sie gewartet.

»Wo ist mein Vater?«, *herrsche* ich sie an, und ich mache jetzt etwas, das nennt man Sich-Aufbäumen. Schließlich geht es mich doch etwas an, wo der Vater ist, mitten in der Nacht.

»Lass mich vorbei!«, *keift* sie, plötzlich gar nicht mehr *lasziv*. Das ging ja schnell!

Ich rühre mich nicht von der Stelle, versperre ihr den Weg ins Schlafzimmer und formuliere es noch einmal mit klaren Worten: »Wo ist mein Vater?« Und wahrscheinlich schlage ich zur Unterstreichung dieser Worte auch mit der Faust gegen die Wand. Meine Mutter guckt mich verschreckt an. Für einen Moment sind wir beide still.

»Ruf-mich-an«, sagt Zindi jetzt noch einmal aus dem TV-Gerät heraus.

»Wer ist das?«, fragt meine Mutter traurig.

»Zindi, Mutter. Das ist Zindi.«

»Wie viel?«, fragt meine Mutter.

»Nichts«, antworte ich.

»Wie viel hast du dafür bezahlt?«

»Es klappt nicht ohne Telefon«, sage ich leise.

Nie zuvor hat der Schimmi seine Mutter körperlich bedroht. Und kurz sah es so aus, als würde er zu heulen beginnen.

Der Schimmi beließ es nun bei der Faust an der Wand, ja, sie klebte dort fest, er war ja noch *sticky* von seiner Plünderung der Küchenvorräte und seinem daraus resultierenden Zuckerrausch.

»Jimmy, du bist ja ganz blau um den Mund«, sagt meine Mutter jetzt leise und *schmiegt* sich *sanft* an mich, während ich sie weiter nicht an mir vorbeilasse. Ja, ich bleibe stehen. Sie soll sehen, was sie davon hat, wenn sie mir keine Antwort gibt. Es ist doch das Natürlichste auf der Welt, dass ein Sohn wissen will, wo sein Vater steckt.

»Es ist doch natürlich, dass ein Sohn wissen will, wo sein Vater steckt«, *blaffe* ich sie an. Die natürlichste Information kann sie mir nicht vorenthalten. »Es ist mein genetisches Recht!«, brülle ich.

»Jim«, sagt meine Mutter jetzt sehr ernst, »du sollst doch keinen Zucker essen.« Sie sagt es streng, aber zusätzlich mit einem Leiern in der Stimme. Das Leiern kommt einerseits vom Prosecco, andererseits davon, dass sie diesen Satz schon sehr oft gesagt haben muss. Ich persönlich kann mich jetzt nicht daran erinnern, diesen Satz, Schimmi, du sollst doch keinen *Schuggar* essen, zuvor schon einmal gehört zu haben. Aber es *muss* so sein, sonst würde sie ja nicht so leiern.

Ja, was? Von dem bisschen Zucker ist noch keiner umgefallen. Aber ich durchschaue ihren Trick: Wer vom Essen redet, will sein Gegenüber ablenken. Wie ein *Troll*, sagt Schimmi, frisst sich die lästige Essensthematik in jedes Gespräch, die Allergien und die Unverträglichkeiten. Um nämlich das Benennen der *wahren* Probleme zu vermeiden. Jedes Sprechen übers Essen ist eine Ver-mei-dungs-stra-te-gie! Aber ich falle nicht darauf rein.

»Wo ist mein Vater?«, wiederhole ich meine Frage zum dritten Mal. Ich kann mir, im Zuckerrausch, Geduld leisten. Ich schau ihr einfach ganz ruhig zu, wie sie langsam zerfließt. Während sie, jetzt beinah betrunken-heiter, vor mir steht und keine Antwort gibt.

»Ruf-mich-an«, sagt Zindi.

Ich sitze auf keinem Ast, aber besäße ich einen, wär's bestimmt der längere. *Zucker formte diesen prächtigen Körper*, steht auf meinem T-Shirt geschrieben, denn Zucker hat mich stark gemacht.

»Jim, du trägst doch nicht etwa dieses ausgeleierte T-Shirt unter deinem Anzug?!«

Doch Mutter, das tue ich. Ich zähle die Minuten, sehr *relaxiert*, mit festem Blick auf meine *Swiss Swotsch*. Eine *Swiss Swotsch* mit *Schnappband*. Und während ich so herumstehe und zähle und warte, wird meine Mutter von heiter bald duselig und von duselig bald weinerlich.

Sie zerfließt, aber ich werde aus Mitleid mit ihr nicht zerfließen. Ich bleibe stehen, und der gehärtete Zuckerschaum in meinem Schlund gibt meiner Wirbelsäule zusätzlich Halt.

Ich hab nicht aufgepasst, als in der Schule erklärt worden ist, wo die Speiseröhre liegt in *Relation* zur Wirbelsäule. Ich spür's ohnehin, wo sie sich dreht und windet in meinem göttlichen Körper bis zu den Zehen hinunter, wo sie die Nägel mit Ablagerungen aus Horn versorgt.

»Jim, lass mich schlafen gehen«, sagt meine Mutter jetzt leise.

Ich bleibe hart.

»Wo bist du gewesen und mit wem?«, frage ich. Es steht mir nicht zu, diese zweite und dritte Frage zu stellen, als wär ich ein anderer als ihr Sohn. Das weiß ich, denn ich bin *psychologicalisch* vorgebildet. Sie hat mich aber provoziert, diesmal weiter zu gehen, provoziert mit ihrem *Schlip* und ihrem Parfum: *Jungle L'Elephant* von *Kinzi.*

Meine Mutter zieht ihren Blaufuchs aus und streicht mit der Hand über mein Gesicht: »Jim.«

Ich rühre mich nicht. Sie streichelt mich noch einmal. Ich rühre mich wieder nicht. Als sie es ein drittes Mal versucht, schreie ich.

»Übergriff!«, schreie ich, »Übergriff!«

Sie weicht zurück, ja, sagt man das so?, sie weicht zurück, *hält inne.* Ha! Was kommt als nächstes, nach dem Innehalten? Sie *zögert, wendet sich ab,* noch einmal mir zu. Ich *drohe* mit der Faust, mit der erhobenen Faust, sie ruft noch einmal, vergeblich: »Jiiim!« Ihr Ruf *verhallt mit einem Echo.* Kurz muss ich über diese Möglichkeit der Beschreibung des doch soeben erst Gehörten lachen. »Jiii-ii-im!«, es klingt so erbärmlich.

Dann dränge ich sie zurück zur Eingangstür, sie verliert ihren *Schtiletto*, humpelt auf dem zweiten rückwärts Richtung Ausgang. Da, ja!, wie der Eingang plötzlich zum Ausgang wird, *Semantics is Magic*! Ich öffne die Tür, oder sie öffnet sie, ich schreie, sie sagt nichts. Ich dränge sie auf den Gang hinaus, halte aber mit der anderen Hand ihr Kleid, »so kommst du mir nicht davon«, *stoße* ich dabei *zwischen den Zähnen hervor*. Und der Träger reißt und damit auch das sogenannte große Schwarze meiner großen Mutter. Jetzt wird der Nachbar gleich ihre *Schpinx* sehen können und ihre Strümpfe.

Und da ist er ja auch schon und schaut, nicht *baff*, sondern *bass erstaunt*. Und meine Mutter sagt nur, die Stimme hoch und flötend: »Alles in Ordnung, ja, alles in Ordnung, Herr Nachbar«, und ich lasse sie damit zur Tür herein. Sie greift nach dem verlorenen Schuh, nimmt ihren Mantel, zieht ihr Kleid hoch, bedeckt die nackten Stellen und verschwindet ins Schlafzimmer. Und wie jedes Mal sperrt sie auch dieses Mal hinter sich zu. Ich werde sie nicht trösten, das ist die Aufgabe eines Ehemanns. Bevor ich mich in mein Bett lege, wasche ich mir im Bad den Zucker und den Dreck von den Fingern. Jetzt hat die sich doch tatsächlich in ihr Zimmer eingesperrt und mir noch immer nicht mein Mobiltelefon zurückgegeben mit allen meinen darauf gespeicherten Fotos.

»Ruf-mich-an!«

»Aufstehn, Massa Jim!«, ruft Guadalupe am nächsten Morgen. Nein, so kann sie das nicht gesagt haben. Guadalupe ist keine Sklavenarbeiterin afrikanischer Herkunft, und ich bin nicht Tom Sawyer. Und wir leben auch nicht im 19. Jahrhundert. Sehr schlau, ich weiß.

»Wach auf«, sagt sie zu mir, »es ist das neue Jahrtausend!«

Ey, es ist das Jetzt, in *Echtzeit*, in der *Reality*, und sie, Guadalupe, ist Mexikanerin und wird gerecht bezahlt. Guadalupe ist für mich *wie ein Familienmitglied*, und manchmal bekommt sie von meiner Mutter auch Kleider geschenkt, die diese selbst nicht mehr tragen will. Manchmal bekommt sie auch einen einzelnen *Vanilli Blahnik* oder einen *Lubutin* von meiner Mutter geschenkt. Wenn diese den zweiten verloren hat, stecken geblieben in einem der vielen Kanalgitter der grauen Weltstadt. Guadalupe freut sich auch über einen einzelnen *Schtiletto*. Denn sie hat vom Fernsehen, dem Internet und der Plakatwerbung gelernt, dass diese Schuhe sehr wertvoll sind, da ihre Sohle untenrum rot ist.

Meine Mutter nennt mich Jim, Kurzform von James, und ich lebe in einem Tower, abgeschirmt durch

Zäune und beschützt von *Security*. Die *Security*? Arbeitet im Geheimen. Und die Zäune? Vielleicht nicht *direkt* vor unserem Tower, aber doch rund um unsere Weltstadt. Sicher, sicherlich.

Vor unserem Haus verlaufen zirka vier achtspurige Autobahnen, die kaum je ein Fußgänger benutzt. Sehen aus wie die Highways in L.A.! Die A1 führt in Richtung Tower XY, die B2 in die City, die dritte führt fort und die vierte nach *Fort Worth*. Meine Mutter hat das oberste Apartment gemietet, und mein Vater ist abwesend, weil er sie verlassen hat und weil er einen *Job* hat, in dem er sehr viel Geld verdient. Wenn ich sie danach frage, sagt sie mir, er reise in die Krisenregionen der Welt und erkläre diese zu sogenannten *Emerging Markets*. Wo das Blut des Bürgerkriegs noch am Boden klebe, dort sei er zur Stelle und tätige sein *hochriskantes Investment*. Das stütze die zusammengebrochene Wirtschaft und sei eine Chance für den Wiederaufbau einer bald *demokratischen* Gesellschaft. Mein Vater werde für seinen Pioniergeist mit Dollars und Rohstoffen bezahlt. Wenn er, am Ende seiner Abenteuer, einmal wieder zu uns zurückkommen werde, werde er mir einen Koffer voll mit Dollarnoten aufs Bett werfen, in dem ich schliefe, und er werde mir liebevoll ein paar Goldnuggets aufs Nachtkästchen legen. Dann werde er mich auf die Backe küssen, mir übers Haar streichen und auf leisen Sohlen mein Zimmer verlassen, um meiner Mutter das Frühstück zu bereiten.

Oral? Selbstverständlich *oral.* Wie sollen meine Eltern denn sonst ihr Frühstück zu sich nehmen?

Noch ist es nicht der Vater, der mich weckt, sondern es ist Guadalupe, die Reinigungsdame.
»Jaime«, sagt Guadalupe zu mir am Morgen, also
ausgesprochen »Chaime«, und dann: »Sie 'aben
wieder getraumt.«
»Ach, Lupe, was hab ich getraumt, was soll ich getraumt haben?«, frage ich.
»Sie 'aben spat die Kuckenvorrate geplundert und
sick die ganze Nackt im Bett gewalzt.«
Guadalupe sieht mich besorgt an, während ich noch
im Bett liege.
In voller Montur? Selbstverständlich in voller Montur! Schlecht geträumt, im Bett hin- und herge-
wälzt? Na klar, wenn die Mutter sich in ihr Zimmer
eingesperrt hat, muss die Reinigungsdame ja einen
auf besorgt machen. Schimmi sagt, wer klug ist,
nutzt diesen Moment. Schamlos.

Guadalupe, will ich ihr *zuraunen*, Guadalupe, komm
zu deinem *Gringo* ins Bett und umarme ihn mit
deinen tätowierten Schenkeln. Denn dein *Gringo* hat
schleckt geträumt, will ich sagen, und ist *muy solo*,
seit ihm die Mutter die Errungenschaften der modernen Kommunikation vorenthält. Komm zu ihm,
Guapita, es ist so einfach. Nur ein halbes Stünd-
chen, es tut nicht weh. Er kann dir ein *komplettes*

Paar von diesen dämlichen Schuhen besorgen. Lupita, meine Chilischote, immer arbeitest du in so hohen Schuhen, untenrum rot, aber nie passt einer zum anderen. Es ist *trágico*! Dabei auch optisch *stimulativ*. Komm, der *Güerito* tröstet dich, es wird dir gefallen.

Guadalupe sieht mich an.

Guadalupe, will ich rufen, du Bild von einer mexikanischen Jungfrau! Du bärtige Schönheit mit Kunstblumen und Neonlicht im geflochtenen Haar! Du mit deinen eifrig-flinken Fingern, weichgewaschen von *Tide Bleach*, deine Augen geschult am *Display* des *Putzroboters*. Deine schwieligen Füße in den ausrangierten *Schtilettos* meiner Mutter, dein *Culo* so *tight* in der ausgebeulten Jogginghose mit der rückseitigen Aufschrift: *La Fuerza del Destino*.

Guadalupe sieht mich an und deutet dann auf meinen Daumen.

»Jaime, ist etwas nickt in Ordnung mit Ihre dicke Finger?«

Oh, wie sie dicke Finger sagt und Daumen meint! Guadalupe, du mein Tex-Mex-Schicksal, du meine Telenovela, du mein Drogenkartell! Lass uns in der Küche zusammen Tacos füllen mit Rindfleisch und Guacamole, mit Zwiebelringen und geschnittenen Tomaten! Mit Bohnen und schwarzer *Mole*.

Oh, deine Finger riechen nach Gewürzen und Schokolade! Wenn ich dich seh, feiere ich den Unabhängigkeitstag, und wenn ich einmal sterbe, dann in deinen starken Armen am *Día de los Muertos*. Wenn ich dich sprechen hör, dann klingt es in meinen Ohren wie *Reggaeton*, du singst: *Me gusta la gasolina*, ja, dir schmeckt das Benzin. Oh, tausend schmutzige *Albures* will ich für dich dichten, du meine *Chica*, meine Reinigungsdame. Du gute Haut, du Seele des Hauses, ich will A wie *Abrazos* und B wie *Bezos* und C wie dein Hinterteil.

Gut gereimt, ich weiß. Ich bin der beste Reimeschmied von hier bis Mexiko! Die *United States Border Patrol* wird schon nervös, wenn sie nur meinen Namen hört! Schimmi! El Chim! Die schärfste Zunge zwischen *Fort Worth* und *Guadalajara*!
Gut gereimt, aber, vorerst, nur im Kopf. *Vorsortiert.* Guadalupe würde mir wohl antworten, eine Mutter von fünf Kindern mit katholischen Vornamen sei keinesfalls mehr Jungfrau, und wenn ich ein einziges Mal in der *Reality* so mit ihr spräche, spräche sie darüber in der *Reality* mit meiner Mutter. Guadalupe, du drohst mir?, würde ich fragen. Ich würde ihr verächtlich vor die Füße spucken, und sie müsste hinterher noch den brauseblauen Morgenschleim aufwischen.
Guadalupe hat mir die Tasche für den *Job* und einen frisch gebügelten grauen Anzug auf meine Bettdecke gelegt und ist dann, mit dem *Schwiffer* unterm Arm, in die Küche gestapft.
Ich stecke meinen Daumen in den Mund. Guada-

lupes Stunde wird schon noch kommen. Da werde ich dann auch, zur Abwechslung mal, gar nicht lange herumreden. Die Reime spare ich mir besser für Ninni auf, die wartet auch schon ungeduldig darauf, und außerdem werde ich jetzt noch Zindi anrufen, und dafür werde ich mein Telefon zurückerobern.

Nur, wenn ich Guadalupe erpressen würde, würde sie die abgesperrte Schlafzimmertür öffnen, um für mich mein Telefon aus der *Gitschi*-Tasche meiner noch schlafenden Mutter zu holen. Nur, wenn ich Guadalupe gegenüber durchklingen lassen würde, dass ich bereit sei, meiner Mutter gegenüber anzudeuten, dass Guadalupe deren Schuhe stehle, dass sie also nicht nur einen einzelnen als Geschenk annehme, sondern *komplette* Paare in ihrem roten Plastikeimer nach Hause trage, sorgsam bedeckt von einem reinweißen *Schwiffer*-Putztuch, nur dann würde ich mich wieder mit der Welt in Verbindung setzen können. Es wäre Notwehr zugunsten der Telekommunikation und würde ausschließlich *verbalistisch* unternommen werden.

Ich würde die Situation nicht weiter ausnutzen und Guadalupe nicht körperlich bedrängen. Niemals würde ich ihr befehlen: »Lass mich die rückseitige Aufschrift deiner ausgebeulten Jogginghose lesen.« Niemals würde ich diese Aufschrift dann gleichsam als Einladung an mich persönlich verstanden wissen. Niemals, nicht auszudenken!, würde ich sie daraufhin bitten, mich nachsehen zu lassen, welchen zweiten Satz sie auf ihren *Culo* tätowiert habe. Niemals würde ich dann ihre schlappe Hose hinunterschieben, niemals mit Gewalt, niemals würde ich meine Nase ganz nah an die tätowierte Stelle stecken.

Niemals würde ich dann zurückschrecken, denn niemals würde sie dort statt des *erwartbaren* Sinnspruchs eines brasilianischen Dichters ein Gemälde einer mexikanischen Malerin tätowiert haben, das den Verlust ihrer ungeborenen Kinder darstellen würde, *disgusting, even as an Idea!*

Und niemals würde ich die gute Guadalupe derart von ihrer Arbeit im Haushalt ablenken wollen, hat sie doch noch einiges zu wischen und zu kehren, nachdem ich in der vorangegangenen Nacht den Inhalt der Küchenschubladen *gehörig* durcheinandergebracht habe. Durcheinandergebracht? Keineswegs ohne Plan und Kalkül.

Ich bin durchaus fähig, Ordnung zu halten. Schimmi sagt: Der Stauraum unter einem Bett ist für Vorräte an *Marshmallows* da und nicht für anderes.

Dort hinten? Ja, das sind *Marshmallows*. Nein, das ist nicht die arme kleine Maguro, die dort unter meinem Bett liegt.

»Puuutzen, puuutzen, nix als puuutzen«, höre ich nun, da ich aufgestanden bin und mich angezogen habe, unsere Reinigungsdame Guadalupe aus Mexiko in der Küche fluuuchen. Dabei kann sie sich glücklich schätzen, überhaupt einen *Job* zu haben. Auch mein Vater muss hart arbeiten für sein Geld. Auch er muss sich die Hände schmuuutzig machen. Heutzutage hat es keiner leicht. Diese miese, / fiese Krise. Aber der Schimmi, der macht keinem eine Krise. Unter seinem Bett, bei den *Marshmallows*, dort muss ja nicht extra gekehrt werden. Dort darf sie gar nicht hin. Obwohl ich ihr ganz gern dabei zusehen würde.

Meine Mutter?! Ist sie auch endlich aufgestanden? In der Küche höre ich sie leise schluchzen und währenddessen, ebenso leise, auf Guadalupe einreden. In etwa: Er wisse nicht, was er tue. Er brauche *Unterschtitzung* und *Schtruktur. Fitamine*, Liebe. Auch, wenn es schwerfiele. O-Ton: »Er meint es nicht so.« Und: »Er kann nichts dafür.«
Falls sie von mir sprächen: Ich meine es so. Ich meine alles so, wie ich es sage. Kann nix *dafir*, kann nix *dafir*? Sicher kann ich nix *dafir*, dass diese Anrufe so viele Dollars kosten. Aber ich bekomme ja auch was *dafir*.
Ich schleiche mich durch den Flur in Richtung Schlafzimmer der Mutter, ich höre sie in der Küche weiter mit Guadalupe tuscheln. Anstatt sie ihre Arbeit machen zu lassen! Kann nix *dafir*! Das kostet auch Dollars, wenn Guadalupe *untätig* herumsteht und sich die erfundenen Geschichten meiner Mutter anhört. Die hat ja keinerlei *psychologicalische* Vor-

kenntnisse, diese Guadalupe, was will denn die meiner Mutter raten?!

Ich drücke die Tür zum Schlafzimmer auf, dort steht die *Gitschi*-Tasche am Bett meiner Mutter, ich öffne sie, krame darin mit meinen dreckigen Fingern. Dosen, Schatullen, Ampullen, aber kein Mobiltelefon. Kosmetiktücher, ein kleiner Handspiegel, ein Lippenstift, kein Mobiltelefon. Ein Schlüsselbund, der nicht zu unserem Apartment passt, mehrere Kondome, kein Mobiltelefon. *Ey*, verdammt, ich brauch es jetzt! Ich brauche mein verdammtes Telefon. Ich drehe die Tasche um und lasse den gesamten Inhalt zu Boden rasseln. Gleich wird meine Mutter kommen und schreien: »I-i-i-i-iii!«

Ich schließe die Schlafzimmertür wieder hinter mir und tappe zurück durch den Flur, wo der Blaufuchs ruhig auf dem Haken hängt. Als wäre nachts nichts vorgefallen. Als wäre die Mutter zu Hause geblieben, als wäre sie nicht beinah ums Leben gekommen, als wäre der Vater noch hier, als wäre der Sohn noch klein.

Der tote Fuchs hängt da, als würde in einem gesamten Leben nichts vorfallen, niemals, nachts nichts. Prächtig, von seidenem Glanz.

Der Blaufuchs?! Meiner Mutter? Der Blaufuchs steht meiner Mutter hervorragend. Er lässt sie jung aussehen! Und teuer. Sieht teuer aus, weil er auch teuer gewesen ist. Eine *Kissalität*, bezahlt mit labbrigen Euros. Ja, er sieht sogar so teuer aus, dass es sich beim Blaufuchs nur um ein Geschenk meines Vaters handeln kann. Ein Geschenk allerdings, das er aus schlechtem Gewissen gemacht hat. Vielleicht ein Abschiedsgeschenk? Bevor er uns, womöglich für immer, verlassen hat? Er war vielleicht gar nicht *gezwungen* zu gehen. Hat einfach die Chance gesehen, die ihm die *Trust Company* geboten hat. Er ist freiwillig gegangen, hat förmlich das Weite gesucht und hat sich vorher noch *freigekauft* mit dem Blaufuchs? Möglich, ja.

Zu jenem Zeitpunkt, ich erinnere mich genau, ist das Bett meiner Eltern schwarz überzogen gewesen mit der Skyline-bei-Nacht-Bettwäsche, und meine Mutter ist darin gelegen, noch schlafend, es war ja vier Uhr morgens, *nichtsahnend, gutmeinend*, so *gutmeinend*.

Mein Vater, schamlos, Herr Schamlos, hat nur einen schicken handlichen *Schimsung*-Rollkoffer gepackt, darin seinen Laptop, einen zweiten Anzug, frische Unterwäsche und seine Papiere. Ein Detail: Er hat vorher noch den gemeinsamen Tresor ausgeräumt, geputzt und sauber hinterlassen. Er wollte Guadalupe nicht auch noch Arbeit machen!

Dann hat er sich das *Ischimoos*-Rasierwasser auf die glatten Backen geklopft, hat auf die schwarze Bettwäsche, unter der meine Mutter, nackt, straff, muskulös, gelegen ist, den Blaufuchs drapiert, und darauf dann eine silberfarben besprühte Rose vom Floristen und dazu noch einen geschmackvoll hyazinthfarben kuvertierten Brief. In diesem Brief stand geschrieben: »Gerade weil ich dich so sehr liebe und unser gemeinsames Kind, gehe ich.«

Ja, ich weiß das, weil ich es an ebenjenem Morgen mit eigenen Augen gesehen hab. Den Inhalt des Briefes hab ich damals noch nicht lesen können, das kam später. Meine Mutter trägt den Brief seither bei sich in ihrer *Gitschi*-Tasche.

Schimmi sagt: Ebendiese *paradoxicalomatische* Logik ist es, die Menschen wie meinen Vater so reich macht.

»Wir sind alle nur dieses eine Mal auf der Welt«, hat mein Vater oft zu mir gesagt, »gerade darum müssen wir manchmal harte Entscheidungen treffen, was unser *Fortkommen* anbelangt. Das klingt heute in deinen Ohren, Jim, vielleicht egoistisch. *But trust me*: Wenn du groß bist, wirst du es verstehen.«

Ach, dieser *Wixer*! Entschuldige, Vater. Aber wie soll ich das verstehen? Du hast den Schimmi mit der Mutter allein gelassen, obwohl du gewusst hast, dass er nie groß genug sein wird, um das zu verstehen.

»Er hat die Frau mit ihrem *abhängigen* Sohn allein zurückgelassen«, haben die Nachbarn am nächsten Tag, dem Tag danach, einander zugetuschelt. Wie meinen sie *abhängig*?

Von Bananen?! Von meiner Mutter? Vom grauen Sofa? Von meinem Fernrohr?

Während sie sich unbemerkt wähnten, habe ich alles mitangehört. Habe den Daumen in den Mund gesteckt, ruhig Blut!, und mich nicht zu erkennen gegeben. Ich habe einfach bloß der *Security* und der Zindi Meldung erstattet.

Nachdem mein Vater seinen *Schimsung*-Rollkoffer und alle Dollarnoten, die meine Eltern im Tresor unseres Hauses gebunkert hatten, auf seinen Ausflug mitgenommen hat zu den leuchtenden Märkten Singapurs und den jungen Demokratie-Übungen in Burma und den harten Waffendeals mit *Kikistan* und *Tschakistan*, ist meine Mutter am nächsten Morgen also *nichtsahnend* und nackt aus dem Bett gestiegen, hat die silberne Rose in die Hand genommen, an ihr gerochen und hat nichts riechen können. Hat nichts riechen können, nichts.
Nein, gar nichts.
»Die riecht doch nach gar nichts!«, hat meine Mutter gerufen, erst davon bin eben ich an jenem Morgen aufgewacht.
Sie hat mit dem scharf geschliffenen Nagel ihres Zeigefingers, der, wie die restlichen Nägel, *metallic* lackiert gewesen ist, das geschmackvolle Kuvert geöffnet, hat die knapp formulierten Zeilen meines Vaters, die er ihr zum Abschied hinterlassen hat, gelesen und hat den Brief dann wieder ins Kuvert zurückgeschoben.
Dann hat sie gerufen, und zwar mit *schneidender* Stimme: »Eine getrocknete Rose, silberfarben, muss man doch vom Floristen parfümieren lassen, bevor

man sie seiner Ehefrau ans Bett legt!« Diesen Ausruf hat sie, wie auswendig, einige Male in exakt glei-
cher Weise wiederholt. Dann ist sie ins Bad gegangen, hat sich geduscht, die Lippen schwarz umrahmt
und innen violett angestrichen und hat, vorm Spiegel stehend, an ihren Wangen gezogen, um sich, wie
jeden Morgen seit einigen Monaten, mit nur als *ma-
sochisticalisch* zu beschreibender Hingabe von deren
angeblich nachlassender Straffheit zu überzeugen.
Ich hab ihr dabei, selbst ja noch klein und im Pyjama, zugesehen. Meine Mutter ist noch immer nackt
gewesen, und während sie sich das Gesicht eingecremt hat, hat sich ihr Busen, schöner Busen, mini-
mal nach oben bewegt. Eigentlich haben sich bloß
die großen Brustwarzen ein wenig aufgerichtet. Ich
habe zugesehen und dabei in meine Pyjamahose ge-
pinkelt, das ist ihr gar nicht aufgefallen.
Sie hat dann ihren anthrazitfarbenen Seidenkimono
übergezogen, den Gürtel gebunden, ist, in schwarz
glänzenden Haussandalen mit Absatz, in die Küche
geschlapft, hat ihrem Sohn das Müsli in die Kera-
mikschüssel geleert, zwei Äpfel hineingeschnitten
und eine Banane, und hat, mit letzter Kraft, gerufen,
nein, nur gesagt: »Jim, Frühstück.«
Jim, Frühstück. Das ist alles gewesen. Schimmi,
Frischtick. Danach ist sie umgefallen und mit dem
Hinterkopf auf dem Küchenboden aufgeschlagen.
Kapow! Ich bin in die Küche gerobbt und gekrochen. Gesprungen und geflogen. Gedackelt und

gerollt. Ich habe heute keine Erinnerung mehr an die damalige Art der Fortbewegung. Ich habe ihren Kopf, der geblutet hat, auf den Blaufuchs gebettet, den ich dazwischen umständlich aus ihrem Schlafzimmer geholt habe. Dann habe ich *nein-wann-wann* gerufen.

Ja, meine Güte, zuerst nur laut gerufen. Aber ich hatte damals noch kein Telefon, weil ich, laut meiner Mutter vor ihrem Sturz, dafür noch nicht groß genug gewesen bin. Als hätte die Fähigkeit zu telefonieren irgendetwas mit Körpergröße zu tun!

Zindi? Zindi an der Strippe hätte mir in diesem Fall gar nicht helfen können, zuletzt deswegen nicht, weil es sie zu diesem Zeitpunkt noch nicht gegeben hat in meinem Leben.

Guadalupe? Guadalupe, das *Mitglied der Familie*, hat ihren Dienst an jenem Tage noch nicht angetreten gehabt und ist erst Stunden später erschienen, um den Küchenboden wieder blank zu wischen. Na ja, und *nein-wann-wann* rufen, kreischen, schreien wie am Spieß hat ja auch geholfen, denn das Geschrei hat die Nachbarn alarmiert. »Alles in Ordnung?«

Überhaupt nichts in Ordnung. Und die Nachbarn haben dann die Rettung alarmiert, und die hat meine Mutter endlich ins Krankenhaus gebracht.

Ja, vielleicht hat mich die gestrige Taxifahrt meiner Mutter eben noch einmal an jenen Morgen erinnert. Es war schon schlimm. Schlimm, schlimmer, Schimmi. Aber einen in ein Müsli geschnittenen Apfel würde ich trotzdem nicht essen, niemals. *Frischtick* gern, aber bitte keine *Fitamine*.

Nein-wann-wann? Das hab ich aus dem Fernsehen gekannt.

Meine Mutter hat heute keinen Schaden mehr von diesem Sturz. Doch, eine Narbe am Kopf, aber dort hat sie sich dichtes dunkles Haar implantieren lassen. Wahrscheinlich sieht sie damit heute sogar besser aus als damals, als mein Vater sie noch nicht verlassen gehabt hat.

Das gute Aussehen hat ihr wieder Selbstbewusstsein gegeben. Deswegen kann sie jetzt auch in der Küche stehen und die Reinigungsdame Guadalupe *infiltrieren* mit ihren Lügen über mich: Er meint es nicht so. Er kann nix *dafir*.

Ja, so sagt es meine Mutter und spricht dabei entweder über mich, ihren Sohn, oder über meinen Vater, ihren Mann oder Ex-Mann. So genau weiß ich das nicht, und wenn ich, gestärkt vom Verzehr eines über dem Feuerzeug gegrillten *Marshmallows*, frage, »Mutter, wie lautet dein aktueller *Familienstand*?«, antwortet sie: »Jim, keinen Zucker.«

Ich frage mich auch, seit der Vater mit den Dollarnoten verschwunden ist, woher meine Mutter das Geld nimmt für Obst und Gemüse, für die *überteuerte* Monatsmiete und den *gerechten* Lohn von Guadalupe. »Die Miete ist nicht überteuert, Jim, du kennst dich nicht aus bei Euros.«

Ja, da unterschätzt sie meine *Inselbegabung* und wähnt sich überlegen. Aber es wird nicht für immer so bleiben. Ich wachse von Tag zu Tag. Schimmi sagt, drohend: *Wer heute allein davon träumt, mich zu schlagen, sollte besser aufwachen und sich bei mir entschuldigen.*

Na, wartet! »Ich werde der Schimmi im Pelz sein«, flüstere ich, im Gang stehend und die Mutter mit Guadalupe belauschend, »ich werde der König der Tiere sein, u-u!«

Ja, ich bin *pan-animalisch*, und mit der Kraft des Dschungels werde ich mein Telefon zurückerobern, und dann nichts wie: Raus aus'm Grau / des Apartment-Hauses, / fort von dieser Frau, / dem Laub / dem Laub auf ihrem Mantel. Und dem Geruch von *Jungle L'Elephant*, der unter ihrem sogenannten großen Schwarzen hervorkriecht.

Noch einmal, jetzt lauter, bald hören sie mich: »Raus aus'm Grau / des Apartment-Hauses, / fort von dieser Frau, / dem Laub, / dem Laub.«

Mein Blick fällt wieder auf den Blaufuchs, der im Flur auf seinem Haken hängt. Nachdem bei ihrer Rückkehr aus dem Krankenhaus der Anblick des eingetrockneten Blutes auf ihrem Blaufuchs damals beinahe den zweiten Kollaps nach sich gezogen hätte, würde meine Mutter jetzt ja verstehen, was es bedeutet, wenn ich mir ihren blöden Mantel ausborgte und damit in die Küche gekrochen käme, wo

Guadalupe vor lauter *Tritschtratsch* mit ihr einen letzten Rest meiner nächtlichen Orgie noch nicht, noch nicht!, beseitigt hat.

Wälzen werde ich mich in diesem Rest auf dem Küchenboden, ein schlechter Traum!, umschmeichelt vom hell schimmernden Fell des herrlichen Kleidungsstücks. Ha! Werde ich darunter nackt sein? Mal sehn, manchmal ist die Wahl des geringeren Übels aussagekräftig genug. Außerdem möchte ich mich ein bisschen für Zindis Zuneigung und für Ninnis nie endende Liebe aufsparen. Oder für das Sushi der kleinen Maguro.

Maguro?! Natürlich lebt die noch. Das muss ja immer ganz frisch sein, gerade bei rohem Thunfisch!

Yeah! Yikes! Der Mantel passt zu meinen Augen, denn sie sind blau wie der junge Ozean. Ich rolle, den Blaufuchs in meinen starken Armen, durch den Flur und in die Küche, wie zwei Bären sind wir da, inniglich. Guadalupe hat freilich keine Sensibilität für die *Aesthetics* einer Performance, sie kann nichts dafür, denn sie hat ihr bisheriges Leben mit hässlichen Tätowierungen und einem noch hässlicheren Ehemann verbracht.

»Eine Cucaracha, eine gaaanz grauslige Cucaracha!«, kreischt sie jetzt, als ich mich, auf dem Küchenboden liegend, wälze und wälze, walze und walze, und meine Mutter, nicht *untätig*, mit dem roten Plastikstiel von diesem *Schwiffer* wiederholt auf mich einstößt.

Ich muss dabei so lachen! Allein schon darüber, wie sehr die beiden erschrocken sind, als ich da in die Küche geschossen gekommen bin. Ich habe mich übrigens doch für die Version entschieden, in der ich unter dem Blaufuchs gar nichts trage.

»Der Jaime is' eine gaaanz grauslige Cucaracha«, ruft Guadalupe noch einmal und beginnt jetzt zu weinen, während meine Mutter nicht aufhört, auf mich einzudreschen. Hat aber nicht zu weinen begonnen, weil sie so viel Mitleid hätte mit mir, meiner Mutter oder unserem *Familienstand*, sondern weint, weil sie heute noch sehr lange wird puuutzen müssen und dafür nicht extra entlohnt werden wird, da sie doch einen *pauschalen* Monatslohn von meiner Muuutter bezieht. *Fair* und *gerecht*, solange die Arbeitszeiten auch eingehalten werden.

Eine Cucaracha?! Ich? Wie eine Küchenschabe? Eine Kakerlake? *Eene Kikerlike*? Kein guter Vergleich! Genug gewälzt, *fair enough*. Sie meint es nicht so.

Ich stehe auf und sehe auf dem Küchenboden: Die brutale *häusliche Gewalt* meiner Mutter habe ich überlebt, der Blaufuchs nicht. Das arme Tier! Liegt jetzt in der Ecke, als wäre es ein zweites Mal erschlagen und abgezogen. Meine Mutter stößt noch einmal gegen sein Fell, ihre Haltung ist *hysterisch*. Noch ein paar Mal schreit sie. Dann ist es ruhig.

»Kannste haben!«, sagt sie jetzt und sieht Guadalupe an.

Guadalupe bekommt den Blaufuchs, und das ist ein schönes *Symbohl* dafür, dass meine Mutter den Abschied von meinem Vater nun endlich vollzogen hat.

In der Pelzreinigung gibt es etwas, das nennt man angeblich Läutern, und danach sieht, laut *Dauerwerbesendung*, der Pelz wieder aus wie neu. Er wird noch bedampft, aufgeföhnt und gekämmt, und auch wenn er gelitten hat unter den *Schwiffer*-Stößen einer *hysterischen* Mutter und davon noch Spuren trägt, sieht er, nach so einem Läutern, an so einer wie Guadalupe dann doch noch teuer aus.

Meine Mutter könnte ihn in diesem Zustand freilich nicht mehr tragen, das würde *billig* aussehen, aber für so eine wie Guadalupe ist er gerade recht. Noch immer wertvoll, aber doch auch so weit kaputt geritten, dass es sich nicht bezahlt macht, das gute Stück im Internet zu verscherbeln, um den fünf Kindern daheim die Schulbildung zu finanzieren.

Die zahllosen Stöße gegen das Fell, in dem ich nackt gelegen bin, haben meine Mutter müde gemacht an diesem Tag. Obwohl sie es doch beinah schon gewohnt gewesen ist, hin und wieder ihre gesamte Muskelkraft, verstärkt durch einen Stock, einen Schirm oder einen Besenstiel, gegen ihren *animalischen* Sohn zu stemmen, um ihn ruhigzustellen, ihn auch abzuwehren, ihrer Überforderung und Hilflosigkeit im Umgang mit ihm und seinen *beson-*

deren Bedürfnissen gleichsam Ausdruck zu verleihen, *aus Liebe*! Auch wenn seine Züchtigung ihr also beinah zur Routine geworden war über die Jahre, so ist sie damit doch auch, jedesmal aufs Neue, in ihre körperlichen Schranken zurückverwiesen worden. Es hat sie müde gemacht. Sie hat mir das Telefon am Ende widerstandslos ausgehändigt. Irgendwie riecht es jetzt nach Erde.

Das Telefon? Das Telefon, ja.

Und nach Humus. Man soll ja, das weiß ich aus dem Biologieunterricht, beim Kompostieren-tieren-tieren darauf achten, dass man einzelne Schichten anlegt. Und dazwischen Kalk und Steinmehl streut. *Yes yo*. Damit das Ganze nicht kippt, zu *schtinken* beginnt, faulig wird. Es ist ein *prekäres Systehm*. Klar, wenn man so eine Kulturlandschaft schaffen und pflegen will, mit geschnittenem Rasen.

Der Dschungel wiederum regelt alles selbst. Aber die *Siffilisation*?

Siebzehntausend *Messages* / auf meinem schönen *Gadget, yes*! *Wischtige Mentschen* woll'n was von mir, sie woll'n was von mir. Das ist sexy! Sie woll'n was von mir, *isch* werde gebraucht. Sie haben meine erzwungene Sendepause registriert und beklagen dies in ihren Mitteilungen an mich: Termine, Geschäfte, Anfragen, Optionen. Der Aktienkurs, die Marktwirtschaft, alles dreht und bewegt sich, zu jeder Zeit. So vieles, was der Kopf nicht rechnen kann. Nur das Internet läuft noch in *Echtzeit*, und die *Mentschen*, sie schleifen sich mühevoll hinterher. Und wo ein Abhang ist, dort rollen sie, losgelassen. Kein Halten mehr, so brüllen sie durch den Dschungel wie Tiere, *yes*, drollige.

Und was brüllt Zindi dazu? Hält sie sich wacker? Im Fernsehen? An der *Schtrippe*? Immer im Dienst?

»Zindi! Hier *schpricht* Schimmi. Zindi?«

Das ist doch Zindis Telefonnummer. Warum geht die nicht ans Telefon?

Mir ist ziemlich viel entgangen durch den fehlenden Zugang zur modernen Kommunikation, mein *Business* hat in der Folge Schaden gelitten. Auch *privat* stehe ich vor einem Trümmerhaufen.

Ja, die Mutter. Sie liegt in ihrem Zimmer, eingesperrt, seit Tagen, ich zähle nicht mehr mit, nur hin und wieder schleicht sie durch den Flur in die Küche. »Hey, Jim«, sagt sie dann leise an meiner Tür, dabei fallen ihr die Augen gleich wieder zu, und dann schlurft sie wieder in ihr Zimmer zurück. Ich weiß nicht, was sie dort tut. Sie kümmert sich nicht um mich und meine *Fitamine*. Das ist gut.

Wieso?! Na, ich kann mich ohne ihr Zutun voll *regenerieren*.

Manchmal ruft sie mich von ihrem Zimmer aus an. Meistens, wenn ich gerade mit Zindi gesprochen habe oder dabei bin, Zindi anzurufen. *Dschungelmusik*.

»Mama, Mutter, Mutti? Selbstverständlich, die lieben Katzensendungen sehe ich mir an. Ein Katzenbaby schleckt gerade Milch aus einer Schale. *Super sweet!* Kommst du heute aus deinem Zimmer? Morgen? Okay. Nein, alles in Ordnung. Ja, Guadalupe kommt auch gleich. Ja. Bis morgen, Mutter, oder bis übermorgen.«

Guadalupe kommt ja regelmäßig in ihrem geläuterten, zerrissenen Blaufuchs und in den hohen *Schtilettos*, sie putzt sorgsam das gesamte Apartment, bis auf das Schlafzimmer meiner Mutter, sie kauft *Marshmallows* ein für mich, brät mir auch ein paar und lässt sich ausnahmsweise, weil die Mutter doch so krank ist, ein bisschen von mir necken.

»Der arme Jaime!«

»Guadalupe, der Blaufuchs meiner Mutter steht dir«, sage ich und sehe ihn an, wie er da, in Fetzen gerissen, im Flur am Haken hängt.

»Sí, Jaime, sí!«, sagt sie, sichtlich stolz.

»Nach dem Läutern, Guadalupe, konntest du den Blaufuchs nicht nähen lassen?« Ja, es interessiert mich wirklich.

Guadalupe sieht mich traurig an: »Nada, nix. Çu kaputt, Jaime.«

Zu kaputt, um wieder ganz zu werden? Soll sie ihn doch beim Putzen tragen! Da und dort ein Stückchen abtrennen und damit den Fernseher polieren, das Fernrohr und die Fensterscheiben. Während ich daran denke, wie Guadalupe mein Fernrohr poliert, sehe ich sie traurig an. Wir sehen einander traurig an. Guadalupe drückt mich jetzt an ihren Körper, es ist, ununterscheidbar, entweder ihr Busen oder ihr Bauch. Sie riecht nach Arbeitsschweiß, Putzmittel und dem *Jungle L'Elephant* meiner Mutter.

»Lupe?«, frage ich sie und kralle mich an ihr fest.

»Sí, mi Jaimito?«

»Lupe, ist der Papi deiner *Niños* dein erster Mann gewesen?«

»'eilige Jungfrau!«, ruft Guadalupe, »so dumme Frage!« Sie drückt mich von sich weg und sieht mich böse an.

Böse oder gespielt böse? Ununterscheidbar, sie kann mir ohnehin nie lange gram sein.

»Weißt du, Lupe, du bist für mich *wie ein Familien-*

mitglied, und ich bin jetzt in einem Alter, in dem ein Mann über Nachwuchs nachdenkt«, sage ich, denn ich weiß, das banale Kinder-Gefasel wird das Herz der Mexikanerin erwärmen.

Guadalupe lacht erst und rückt dann wieder etwas näher.

»Jaimito, 'ast du eine *Señorita*?«, fragt sie jetzt sehr *konschpiritiv*.

»Ja, meine liebe Lupe! Aber ich weiß nicht, wie man es macht.«

»Was mackt, Jaimito?«

»Die Kinder, Guadalupe«, sage ich heuchlerisch, »*los Niños.*«

»Sí, Jaime, du bis' jetzt ein großer Mann, 'ast keine Papi und keine Mami, die dir erklären kann, wie du mackst mit die *Panocha*.«

»Die *Panocha*?«

»Mit die braune Zucker!«, sagt Guadalupe jetzt, wie aus der Pistole geschossen und mit hochrotem Kopf.

»Ja, der braune Zucker«, sage ich jetzt sehr sachlich, um Guadalupe nicht in ihrer Offenheit bloßzustellen. »Bis jetzt kenne ich nur den weißen. Aber der braune ist auch sehr süß, habe ich gehört. *Schtimmt* das?«

»Estimmt«, sagt Guadalupe.

»Ja, und wie nasch ich am besten vom braunen Zucker, Guadalupe?«

»Jaime«, Guadalupe sieht mich verzweifelt an.

»Lupe, biiitte, ich hab ja sonst keinen auf der Welt.«

»*Bueno*, na gut, espiiitz die Ohren, ick erzähl's kein zweimal.«

Und in einer Art von zweisprachigem Schnellsprech rattert Guadalupe jetzt in meine Richtung, sie schießt ihre *verbalistische* Munition ab, minutenlang. Alles, was sie je gelernt hat in ihrem Leben und in der Liebe, also, pass auf, du öffnest die Zuckerdose und so weiter, ja, ja, du kostest sie, nein, auf keinen Fall gleich alles ausschlecken, nein, du wartest einen Moment, du machst dies und das, ja, auch mit den Fingern, nein, nicht sofort ganz hinein, zuerst außen, ein bisschen auch an die heilige Jungfrau dabei denken, dann erst weiternaschen, ein bisschen sprechen dazwischen, lachen ist erlaubt, natürlich, aufmerksam sein, aber auch ein bisschen zupackend, das schadet nicht, spielerisch, kraftvoll, bla, bla, bla. Und mit »Sí, claro!« beendet Guadalupe ihren Monolog.

Ich habe so getan, als wäre ich gänzlich unwissend, würde brav zuhören und vorwiegend an technischen Details interessiert sein. Aber heimlich habe ich doch während der langen *monologicalen* Minuten vor allem auf die T-Shirt-Naht unter Guadalupes Achseln geguckt, wenn sie die dicken Arme gehoben hat, und beobachtet, wie ihr Bäche von Schweiß hinuntergelaufen sind in die Falte unter ihrem Busen, dann weiter in die erste Bauchfalte, danach in die zweite Bauchfalte, und die meisten Rinnsale sind auch dort versickert oder vom T-Shirt-Stoff vorher aufgesogen worden. Aber nicht alle.

»Danke vielmals, meine liebe Guadalupe«, sage ich dann und umarme sie, wie ein Kind seine Mutter umarmt. *Dschungelmusik.*

Genau jetzt, da Lupe mir noch ein bisschen Zärtlichkeit schenken will! Ich hebe ab.

»Es geht mir gut, Mutter. Ja, wunderbar. Ich bereite mich auf den *Job* vor. Nein, alles vorhanden. Äpfel, Birnen, Bananen. Ja, wunderbar. Natürlich vermisse ich dich. Aber ich weiß, du bist nah.«

Würde sie ihre Zimmertür öffnen, würde sie mich ja ebenso gut hören können wie übers Telefon. Aber in Ordnung, besser, sie sieht nicht, was jetzt passiert. Ich lasse Guadalupe die letzten Handgriffe erledigen. Die will ja abends auch einmal nach Hause zu ihren eigenen Kindern und dem dreckigen Papito.

»*Tschillen*«, sage ich jetzt leise zu mir, »*tschillen*, Schimmi.«

Du bist nicht allein, auch wenn Guadalupe geht. Komm, Schimmi, fass dir ein Herz! Investiere deine Dollars in die eigene *Trust Company*. Vertraue!

Du bist kräftig genug, du wirst hinausgehen, endlich wieder. Du wirst den Lift nehmen, du wirst ins Erdgeschoß E fahren, du wirst ein Taxi nehmen oder, endlich wieder, in der Parkgarage P einen Wagen klauen, einen *Ford Fiesta* vielleicht. Und du wirst, von der mütterlichen Zuwendung durch Guadalupe gestärkt, wieder zum Tower XY hinüberfahren und endlich deine Ninni besuchen.

Du wirst dich nicht abwimmeln lassen. Von der Maguro aus demselben Stock brauchst du ja nichts zu
erwähnen. Und von der Zindi auch nicht. Und die
Frau Chow, die Besitzerin des Nagelstudios, die ist
der Ninni ohnehin bekannt. Ja. So wirst du es machen, Schimmi-Baby, nämlich schamlos.

»Zindi, hallo? Geh ans Telefon. Ich bin's, dein treu-
ester Kunde.«

Nicht da? Macht nichts. Ich werde hinausgehen und
Zindi auf dem Weg in die City anrufen. Und danach
werd ich zu Ninni fahren.

Ich fasse mir jetzt ein Herz, ich vertraue, ich gehe in
die Küche und *schenke mir ein paar Tassen Liebe
ein, ich nehme einen Esslöffel voll Geduld, einen
Teelöffel voll Großzügigkeit, ein Glas voll mit Güte.
Ich nehme einen Liter voll Lachen, eine Prise voll
Sorge. Und dann mixe ich Wollen mit Glück, gebe
ein bisschen Vertrauen dazu und rühre gut um.* Ja,
genau das mache ich, und so, nach diesem Rezept,
machen es die kühnsten Schläger der Welt. *Cassius
Clay*, mein Held, und *Muhammad Ali*, mein noch
viel größerer *Hero*!

Und dann werde ich diesen grauen Anzug ausziehen, denn er sitzt nicht gut. Vielleicht hat meine
Mutter für den Sohn kein Geld gehabt, hat sparen
wollen für neue *Lubutins* und folglich den Anzug
des Vaters wiederverwertet. Mir diese *symbohlische*
Bürde auferlegt: in den Anzug des verschwundenen
Vaters zu passen!

Wo sich doch auch die Schnitte seither geändert haben, jetzt alles taillierter getragen wird, körpernah, auf *Schilhouette* geschnitten.

Aber sie lässt *misch* stattdessen in diesem beschissenen, verschimmelten, *iberhaupt niescht* schmissigen grauen Anzug vor dem Fernseher sitzen! Wo *misch* Zindi irgendwann einmal doch sehen kann, wenn ihr Kanal bezahlt und aufgeschlüsselt ist und wenn das Internet in einem *evolutionären* Akt das Fernsehen ganz gefressen haben wird und Zindi endlich *interaktiv* funktioniert. Endlich!

Und von wegen Anzug, ja, *isch* interessiere *misch* für Mode, auch als Mann. Deshalb sehe ich auch so verdammt gut aus und der Rest der Welt so verdammt beschissen. Deshalb kann ich *konkurrenzlos* die *Girls* einsammeln, sei es nun im Fernsehen oder im Nagelstudio, im Shopping Center oder im Supermarkt, im Pub / oder im Club.

Und *isch* kann besser reimen als ihr, / besser reimen / als alle auf der Welt, *yeah*. / *Diss* is' keine Selbst-über-schät-zung, / *Diss* is' Realismus, Baby! / Realismus, Baby! / *Isch* ziehe meinen Anzug aus, / Realismus, Baby! / und *schtrippe* für *disch*, / *isch schtrippe* für *disch*. / Und du schaust rüber, / mit deinem Fernrohr, / denn auch du hast mich gesehn, / Realismus, Baby! / Realismus, Baby! / *Isch* bin der beste Rapper / und *schtrippe* für *disch*, / denn du willst meinen *Schwingel* sehn, / vom Tower aus, / Realismus, Baby!

Die fingerfertige Aufklärung durch Guadalupe, die Nähe zu ihr als *Familienmitglied, beinahe Familienmitglied*, die frisch gebraute Tasse voll Liebe in der Küche mit der nötigen Prise Zucker darin, der Gedanke an den nahenden Anruf bei Zindi, die Vorstellung, dass Ninni mich jetzt, wo der Nebel sich gelichtet hat, vom Nachbarturm aus womöglich beobachten könnte, ihrerseits ausgestattet mit einem Fernrohr mit polierter Linse, die Gefahr, dass meine Mutter mich so entdecken könnte: all das hat mich aufgeregt, hat meine *Emittionen* hochgeschraubt, hat mich ans Fenster getrieben, von wo aus man auf die zirka vier achtspurigen Autobahnen hinunterblicken kann, wo unten die alten *Cadillacs* und die neuen *Hummers* vorbeirasen mit ihren weißen und roten Lichtern, von wo aus die Nachbartürme zu sehen sind durch eine Glasfront, die über drei Seiten des Zimmers verläuft, von wo aus man auch die ganze Stadt sehen kann, die Ölraffinerie in der Ferne, die Sterne am Himmel, die Tankstellen, die Discos, die nachtoffenen Nagelstudios, die Tätowierläden, die Imbissbuden mit *Asia Food*, die Turnhallen, die noch erleuchtet sind, weil darin irgendein Trottel einen Ball gegen die Wand schlagen muss, wieder und wieder, die Mädchen auf der Straße, die in die vorbeifahrenden, dann anhaltenden Autos steigen, die dann, noch immer dieselben Mädchen, irgendwo an einer Tankstelle oder einer Autobahnraststätte wieder hinausgeworfen werden, die sich dann im

Neonlicht der Toiletten das Gesicht waschen, den Mund spülen, heulend auf der Klomuschel sitzen, die Schuhe ausgezogen, und sich dann, barfuß durch die Nacht auf den Weg zurück machen. Zurück in die Stadt, in deren Zentrum ich jetzt fahren werde und auf sie warte, Schimmi Schamlos, wohnhaft im Haus der Mutter. U-u-u-u-u, es ist zum Heulen!

Doch ich, ich werde nicht mitheulen, denn ich habe in der Küche die Tassen voller Liebe getrunken, den Esslöffel voll Geduld und den Teelöffel voll Großzügigkeit gegessen, mit einem Gläschen voll Nettigkeit gut nachgespült. Ich habe ein Viertel Lachen genommen, einen Krug voll Sorge. Und dann habe ich Willen mit Fröhlichkeit gemixt, und daher schmerzt mich nicht, was ich jetzt außerdem beobachte von meinem Tower aus.

Der Nebel hat sich gelichtet. Oder war es der Smog? Ich sehe zum ersten Mal klar, und das verdanke ich dem Wetter und Guadalupes Kunstfertigkeit im Saubermachen. Scharfgestellt, *yeah*.

Diese Ninni wohnt doch tatsächlich im Apartment gegenüber, jetzt kann ich sie deutlich sehen. Genau neben dem Apartment, in dem Maguro gewohnt hat, bevor ich sie unter meinem Bett verstaut hab.

Nein, das mit den *Marshmallows* ist nicht gelogen. Ein Teil davon ist Maguro, ein Teil davon sind die *Marshmallows*. In Summe ergibt das optisch viel an weiß-rosaroter Masse unter meinem Bett, ja.

Gefesselt?! Mit einem neongrünen Springseil. Neongrün mit LED-Lichtern im Schlauchinneren, die leuchten, wenn man es benutzt. Sie hat das Spiel lustig gefunden. Aber jetzt springt sie nicht mehr, daher ist es auch verhältnismäßig dunkel geworden unter meinem Bett.

Keine Sorge, sie hat *Marshmallows*, so viele sie will, und *Fiffi Cola*, ausreichend. Die Herausforderung dabei ist, die Plastikflasche, ohne die Hände benutzen zu können, mit den Zähnen zu öffnen. Und das *Fiffi Cola* nicht immer wieder auf den Fußboden zu leeren, auf dem sie liegt, sondern in den Mund.

Und genau neben Maguros altem Apartment wohnt Ninni? Tatsächlich.

»Ninni! Niii-nii! Ninnini!«, schreie ich und winke, und mein Herz schlägt und springt hoch und schlägt donnernd gegen den Adamsapfel. »Ninni, ich bin's, dein Schimmi!«

Aber die Ninni, die sieht mich nicht. Guckt nicht herüber, dreht sich nicht ans Fenster, benutzt gar kein Fernrohr. Hat ihrer Sehnsucht nicht nachgegeben, hat sich stattdessen Dingen zugewandt, die sie ablenken von mir. Hundertprozentig ablenken. Raucht unglaublich viel, so viel hab ich nicht mal als Kind geraucht. Kämmt ihre Haare, kämmt ständig ihre Haare oder kratzt sich am Kopf, sucht stundenlang kaputte Haarspitzen und Filz in ihren *Extensions*. Ich weiß nicht, sucht die ihre Kopfhaut mit den Fingernägeln nach Läusen ab?

Dekoriert ihre Nägel um, entfernt den Goldlack und die *Schtickers* von Yu-Mei Chow, »nicht doch, die *Schtickers*!«, streicht sie stattdessen schwarz, nein, *black*, und klebt darauf, mit unsicherer Hand, Strasssteinchen.

»Strasssteinchen!«, gröle ich laut und stecke meinen Daumen in den Mund. Strass für meinen Star aus dem *Stadtentwicklungsgebiet*, das hat so viel *Glitz*, das zeugt doch, mehr noch als die *Schtickers*, auch von ihrem, Ninnis, Verständnis für *aestheticale* Fragen.

Wäre nicht, ja wäre nicht ihr Apartment derart unaufgeräumt, derart verdreckt: das *Pack Rat Syndrome*, sagt meine *psychologicalische* Vorbildung, ein Messie de luxe. Hat die doch alles voll mit dem herrlichsten Luxus der U-u-unterschicht, alles voll mit *Schwirifski*-Steinen! Jetzt seh ich's ganz genau. Keine Schicht Dreck, wo Ninni nicht mit Heißklebepistole einen glitzernden *Schwirifski*-Stein befestigt hätte! Ein Steinchen auf jede Unterschicht. Das regt mich so auf, da schwillt mir der Daumen, den steck ich mir in den Mund und sauge daran, fester und fest, heißer und heiß, nässer und nass, der steckt jetzt fest in meinem Mund, *Monchhichi*, für ewig fest im Mund. Aber sie, sie sieht mich nicht, ist *glicklich* in ihrem Dreck, raucht gleich die nächste *Zett*, feilt ihre Nägel, surft im Internet, spielt auf der Konsole, Tag und Nacht. Ja, so lange stehe ich hier und gaffe hinüber, aber sie, sie bemerkt mich nicht mal. Dabei mache ich doch Leuchtzeichen, sende

Signale. Klopfe, springe, lache, brülle, spucke, forme Blasen mit dem Kaugummi, riesengroß, *Guinea Pig* der Rekorde.

Aber ihr, ihr ist das *peep*egal, es kümmert sie nicht, dieses dumpfe, herrliche Weib. Ich beobachte sie eine lange Zeit, eine Ewigkeit: gar nicht fad, niemals fad. Und reibe den Daumen an meiner rauen Zunge wund und beiße mir den Nagel ab, bis ich blute.

Magicalometrical! Mein Blut ist dicker als Wasser, gelblich-weiß und schmeckt nach Bananen. Nein, nicht nach frischen Bananen! Nach Banane ohne Banane! Nach künstlichen Bananen, viel zu süß, viel zu gelb, viel zu schaumig.

Ninni sieht mich nicht, Ninni schmeckt mich nicht, Ninni hockt bloß in *Schtring* und *Tank Top* in ihrem dreckigen Zimmer, trinkt Energydrinks und blättert in Magazinen, liest Horoskope und meldet sich für *Beauty Pageants* an, will *Miss Teen Rodeo* werden, will berühmt sein wie *Gigi*.

Ach, Ninni. Ein Esslöffel voll Geduld reicht offenbar nicht aus, um dein Nummernschloss zu knacken. 1, 2, 3. XY und *Zett*. Das ist nicht nett, / dass du nicht / zu mir rüberschaust. Aber ich kenne dieses Spiel, und ich werde auch, anstatt dir ewig nachzulaufen, jetzt bei Zindi anrufen, denn ich bin im *Vollbesitz* meines Mobiltelefons, und alles, was du getan hast in den vergangenen Tagen, hab ich damit aufgezeichnet auf Vi-vi-video.

»Geh doch mal ans Telefon, Zindi.«

Gut, Ninni, du willst mehr *Action*, willst meine Muskeln sehn. Denkst, einer muss schon kämpfen um dich. Willst erobert werden, *Manpower*, hoch zum Tower. Willst, dass ich mich auszieh, *nackich* mach, mein Hemd geb, nur für dich. Ausziehn, ausziehn, kreischen alle.

Wer, alle? Ist doch keiner hier. Liegt doch die Mutter eingesperrt in ihrem Zimmer und sieht mich nicht, ist doch Guadalupe längst wieder daheim bei ihrem faulen Ehemann, der wissen will, warum sie denn gar so nass ist unter den Achseln, ob sie etwa so viel zu arbeiten hätte im Apartment der neureichen *Gringos*.

Ich, Schimmi? Ich schwitze noch lange nicht. Erstens benutze ich ein starkes Deodorant, und zweitens, ja, zweitens besitze ich noch den einen oder anderen Esslöffel voll Geduld, weißt du. Du wirst mich schon noch kennenlernen.

Ninni, dein zweiter Vorname ist wohl Ich-ziermich. Aber ich, ich werd dir neue Namen geben. Hab ich dich! Nein, *relax*, ich ziehe jetzt mal ganz lässig meinen Anzug aus und, ja, Geduld und Fingerschnippen, ich tanze dazu. *Zucker formte diesen prächtigen Körper.* Ich tanze dazu.

Jeder andere, der tanzt, tanzt immer *durchschaubar*, immer *billig*, immer *abgedroschen*, aber ich, ich tanze *richtich*, ich tanze ehrlich, tanze ernst, todernst. Es sind die Schimmi-Steps und die Schimmi-Moves, die ich tanze. Es ist die *Schimmifikation*, und die ist tyrannisch im Tanzen. Schnipp, schnipp.

Ich drehe mich vor dem Fernseher, *turn around!*, der vor der Glasfront steht, und sehe in die Stadt hinunter, ich tanze, wie ich immer tanze. *Bam! Zap! Kapow!* Voll Hingabe, voll Geilheit, voll Energie. Voll Spannung, geladen, kurz vorm Platzen. Voll mit Aggression, voll mit dem Wunsch, zu brüllen, zu brüllen, bis mir die Spucke aus dem Maul spritzt. Ich habe so einen Hass auf alles und gleichzeitig so eine Liebe für alles, ich kann es euch gar nicht sagen.

Es sagen?! Wem? Hört ja keiner zu, ist ja keiner hier, ist ja auch Guadalupe, nachdem es mittlerweile spät geworden ist, längst nach Hause gegangen, um ihren fünf verzogenen Kindern die fertigen Tacos aus der Packung zu schütten, weil sie es selbst zu tun nicht gelernt haben.

Ich tanze und schleudere mein riesiges graues Sakko durch die Luft, schwinge es wie ein Lasso über meinem Kopf, habe meine rechte Hand in die Unterhose gesteckt, vorne, durch den Schlitz, ich tanze, hitzig, und drehe mich wie auf einer Bühne, werde von allen angestarrt. »Kniet nieder! Bringt mir Opfer dar!«

Wer starrt? Ist doch keiner hier, bin ich ja allein, beinah mutterseelenallein hier im siebzehnten Stockwerk eines Towers in einem *Stadtentwicklungsgebiet*. Ich tanze allein. Soll Ninni doch auf ihr *Beamer*-Bild dort gegenüber starren und Karaoke singen!

»*Peep!* Zindi, heb ab!«
Zindi hebt nicht ab. Ninni sieht mich nicht.

Aber die Lichter der Großstadt, die sind jetzt alle auf mich gerichtet, auch die Ölraffinerie in der Ferne richtet nun ihre Scheinwerfer aus, denn lange bleibt einer wie ich nicht unbemerkt. Ich tanze und denke an nichts, bloß daran, dass Ninni mich nicht beobachtet, *niemals nicht*. Ich denke aber auch daran, *wie* sie mich nicht beobachtet, schön beinah. Ich tanze, und zum Dank stecken mir die Leute Dollars in die Unterhose.
Wer? Ist doch keiner hier! Aber ich fühle doch die Dollarnoten, wie sie mehr und mehr werden, wie sich meine Hose prall füllt mit Geld, wie ich mir alles leisten kann und wie ich damit, bloß in Unterhose, bei Anbruch des Morgens hinausgehe in die Stadt, um mir schöne Dinge zu kaufen, die ich besitzen will. Eine richtige geile Hose will ich mir kaufen, aus schwarzer Seide und geschnitten wie eine Jogginghose, und dazu die *Jungle-Fever*-Schuhe, hohe *Schnickers* mit Palmblatt-Print von *Niki* oder *Pumi* aus der *Riri-Collection*, ein buntes Hemd, weiß, rot, gelb, blau, *I love Mishima* soll darauf stehen in schwarzen Lettern. Dazu eine Sonnenbrille mit Spiegelglas, damit keiner sehen kann, wonach meine Augen gieren, wo ich hingaffe, ozeanblau, oh *yeah*. Wie ein Affe hing, hänge ich da in Gedanken bereits an meinem *Girl*.

Und eine fette Kette brauch ich noch und eine dicke Kappe, ein paar Schlagringe und eine goldene Zahnspange zum Abnehmen, *yeah*.

Die Stadt, ja, *die* will mich, die ruft: Schimmi, willkommen! Ja, tatsächlich, sie ruft es, die Weltstadt, die spricht: »Schimmi Schamlos, wohnhaft im Haus der Mutter, komm aus deinem Apartment herunter und nimm die Autobahn B2 in Richtung City Center.«

Jungle Fever! Ich werde so gut aussehen und herrlich, mein Herz flattert. Es flattert hoch und mir voraus, es flattert schon Richtung Ausgang und zappelt ganz aufgeregt mit seinen Fühlern. *Shiver, Shimmer!* Mein glimmendes, mein schmetterndes Insekt! *Schwebe wie ein Schmetterling, stich wie eine Biene!*

»Schimmi, komm! Hier wirst du was erleben! Hier kannst du deine Dollars ausgeben. Hier bekommst du etwas für dein Geld, jederzeit, Tag und Nacht, *twenty-four little Hours …!*«

Mit dem Ruf der Stadt im Ohr fahre ich vom siebzehnten Stock ins Erdgeschoß E, nur in Unterhose, damit man meinen Prachtkörper samt blondiertem, mitunter rot schimmerndem Brusthaar dann gleich sehen kann im *Fashion Outlet*. Und vielleicht zahle ich dort gar nicht mit Dollars, sondern gucke mir von meiner Mutter das Sparen ab? Besser nämlich, die Klamotten zu klauen, als dann keine Scheine mehr zu haben, wenn ich bei Frau Ninni auftauche.

Will sie mich nicht, will sie vielleicht die Dollars, und über die Dollars dann mich.

Und mit diesem Plan hab ich mich wirklich, in einem Taxi samt betrunkenem Fahrer, über die Autobahn auf den Weg gemacht in die City. Als ich ausgestiegen bin, hab ich den Trottel aber nicht bezahlt, hat er, oder einer seiner Kollegen, doch meine Mutter beinah auf dem Gewissen.

Und dann hab ich im erstbesten Billigladen meine Sachen geklaut. Das ist mir beinah noch *rechtskonform* erschienen. Schimmi sagt: Wenn du in einem Laden etwas klauen willst, lass dich dabei nicht erwischen. Wenn du nämlich erwischt wirst, hast du *lebenslanges Ladenverbot* und deine Mutter wird angerufen. »Was, meine *Motter*, doch nicht meine *Motter*!« – »Mama, Mutter, Mutti, ich wollte nicht klauen, es ist mir so zwischen die Finger und dann in meine Hose gerutscht und hat sich dort im gelb gebleichten Schamhaar verfangen!« Und du musst dort von einem hässlichen Kaufhausdetektiv eine Kopie deines Ausweises anfertigen lassen und hast einen Schock fürs gesamte weitere Leben. Nicht, dass ich das, *me personally,* je erlebt hätte, das hab ich recherchiert. Realismus, Baby!

Aber nachdem ich den Laden, nur in Unterhose, unbemerkt betreten habe und erst im Gehen entdeckt werde, wie ich denselben in voller Montur wieder verlasse, brüllt mir der *tschakistanische* Chef nach, ich solle sofort stehen bleiben. Meine Taschen werden durchsucht von seinen beiden *tschakistanischen* Brüdern, und ich jaule dabei auf wie ein potentieller japanischer Liebhaber, der im Begriff ist, sich den beiden hinzugeben, um sich danach selbst zu richten: »*I love Mishima!*« Das bewirkt, dass die drei mich laufenlassen, aus Scham, aus Schüchternheit, aus Angst vor einer möglichen *unausgelebten Neigung* ihrerseits und so weiter.

»Soll er sich zum Teufel scheren, der Affe!«, haben sie einander, als sie mich also laufengelassen haben, zugerufen.

Wer ist denn der Teufel bei den Leuten aus *Tschakistan*? »It is da Bourbon, da 'armful Bourbon, *no*?!«

Gut gekleidet, eine richtig geile Hose aus schwarzer Seide, geschnitten wie eine Jogginghose, dazu die *Jungle-Fever*-Schuhe, ein buntes Hemd, *I love Mishima* steht darauf in schwarzen Lettern, die Sonnenbrille mit Spiegelglas, die fette Kette, die dicke Kappe, die Schlagringe und die goldenen *Grillz* auf den Zähnen, *yeah*, streune ich durch die Straßen meiner Stadt, und niemand erkennt mich.

Niemand weiß, dass ich der Größte bin von allen, MC Schimmi, denn ich bin beweglich, *flexibel*, ducke mich. Aber bald wird mich jeder kennen, bald werden die Tiere im Wald meinen Namen buchstabieren, und bei jedem Buchstaben werden sie aufheulen vor Geilheit und Schmerz, denn einer führt das Rudel an, einer trollt sich auf den obersten Ast, einer liebt und einer hasst stärker als die anderen, und der wird sich durchsetzen, *more equal*. Der wird vorn sein, der wird die Nahrungskette anführen, der wird *Darwin* zeigen, wo die Arten ihren Ursprung haben, *yeah*.

Wer soll das sein?! Der Anführer? Der Obermakake? Der schwarze Gorilla? Na klar, das bin ich.

Ich werde durch die Nacht und durch den anbrechenden Morgen ziehen, und ich werde die Kälte spüren, die Kälte einer Sommernacht. Das wäre ein Titel für meine *Memoir*! *So fresh!* Die Kälte einer Sommernacht. Dazu ein frierendes Mädchen auf dem Titel, *yeah*. Ich verstehe die Marktwirtschaft!

Und ich habe mir eine Flasche Bourbon / in die Hosen gesteckt, wirklich, / der wärmt mich in der Kälte / einer Sommernacht, u-u, *yeah*. / Der Bourbon / hat keine *Fitamine*, / den kann ich vertragen, u-u, *yeah*.

In der Früh wird meine Mutter anrufen, *Dschungelmusik*, ich werde ihr ins Telefon lallen, dass ich nur meinen *Job* mache, in der Kälte einer Sommernacht. Und danach werde ich aufs *Display* kotzen vor Übelkeit. Schimmi sagt: Bourbon ist verträglich, aber keine halbe und erst recht keine ganze Flasche. Jetzt aber trinke ich noch, bin *rasant, gehetzt, drängend*, will schneller sein, mir alles ansehen, die Weltstadt, hineinsehen, wo noch Licht ist, bei den Schlafzimmerfenstern, in die Notaufnahmen, will überall hingehen, zu den Baustellen mit ihren Presslufthämmern, in die Ü18-Discos mit ihren unter-achtzehnjährigen Besucherinnen.

»Ihr seid alle so *lost*, ihr seid alle so *lost*!«, gröle ich durch die Nacht.

Die Kälte einer Sommernacht kann schon sehr kalt sein. Ich gehe und laufe, ich renne, ich denke an Ninni und bin schon ein bisschen betrunken, als mir, oh Bourbon!, ein frierendes Mädchen über den Weg läuft und mich *offensiv* anglotzt. Sie sieht meine Schuhe, meine Ketten, meine Kappe und meine Sonnenbrille, und ich nehme sie jetzt ab und lehne mich kühn über den Bordsteinrand und sage: »Na, na, na, kleine Lilitha? Wohin so allein zu später Stunde?«
Und weil die Kleine nur blöd schaut und nicht antwortet, obwohl die Frage doch zu begreifen ist, versuche ich es mit einem Trick: Ich bitte Lilitha, »Lilitha, biiitte!!«, so süß und interessiert wie möglich, um ihre Plastikkarte, denn ich möchte mir, sage ich ihr, *Zettis* aus dem Automaten drücken. Sie guckt mich an.
Gut. Ich versuche es noch einmal und bitte sie, statt um die Karte, um ein paar Münzen, ich hab doch nur Scheine in meiner Hose. Lilitha bleibt weiterhin vor mir stehen. Ich bitte sie, ihre Hände *sorgsam* zu einer Schale zu formen, um die *Zettis* und die restlichen Münzen aufzufangen, sobald sie aus dem Automaten springen. Jetzt kommt sie mit, denkt

wohl nur daran, mit ihren Händen *sorgsam* die Schale zu formen, und stellt sich daher die *prioritärische* Frage gar nicht mehr: nämlich die, was dieser Schimmi da eigentlich von ihr will.

Ich bitte sie, vorne an der Baustelle, »vorne an der Baustelle, Lilitha«, die Flasche Bourbon mit mir zu teilen, und ich bitte sie, mit mir die *Zettis* zu rauchen.

Und was reimt sich auf bitte, fast bitter? Lilitha! Da schau an, hab ich mir gedacht, die ist also schon mit höflichem Bitten aufzuschlüsseln. Die macht sogar gerne mit, und ich sehe, dass es ihr erstes Mal ist. Die ersten *Zettis*, der erste Bourbon. Klar, ich hab ihr auch ein goldenes Kettchen dafür geschenkt, sie trägt es jetzt um den Hals.

Wir sitzen mit einer Flasche Bourbon im Bauschutt, und mir ist jetzt wieder so *poeticalisch* zumute.

»Wir haben uns zu einer Raupe gesetzt, mein Herz flattert wie ein Schmetterling«, dichte ich und rufe es den Sternen zu, während Lilitha nicht zuhört, weil sie Musik hört auf ihrem Mobiltelefon. Unsere Raupe ist ein *Caterpillar* mit einer Schaufel vorn dran, an der wir uns anlehnen, rauchen, trinken und bis eben noch, *über das Leben* gesprochen haben.

»Ich kann mit dir so gut *über das Leben* sprechen!« Sie hat mich gefragt, wie es denn so ist, erwachsen zu sein, und ich habe ihr natürlich in den buntesten Farben davon vorgeschwärmt. Was auch sonst?

»Machen, was man will!«, habe ich geschrien und gekreischt. Erwachsen sein sei paradiesisch, habe ich ihr erklärt, man verdiene Dollars und könne sich alles kaufen, worauf man Lust habe. »Man kann ewig aufbleiben, man kann *Zettis* rauchen, man kann *Schuggar* essen, alles!«

Freilich, bei mir handelt es sich um einen Sonderfall, weil meine Mutter bei mir wohnt, um regelmäßig nach mir zu sehen. Weil ich als *schwierig* gelte, aber das ist bloß ein Täuschmanöver, um mich einsperren zu können, mir *Fitamine* zu verabreichen und meinen Tagesablauf zu kontrollieren. »Mit *Fructosis* will sie mich vergiften, die eigene Mutter!«, erzähle ich Lilitha, und die hört mir jetzt wieder zu, geduldig, aber auch ein bisschen traurig.

Dann hat sich Lilitha, müde geworden, plötzlich auf den Asphalt gelegt und will in Ruhe gelassen werden, will schlafen oder sterben, ich weiß es nicht. Sie hat zu viel getrunken, und sie will nicht mehr angefasst werden.

»Du bist doch noch so jung, du musst doch die Nacht duuurchfeiern«, sage ich, etwas *spöttisch*, weil *enttäuscht*, zu ihr, während ich allein in der Baggerschaufel sitze und ihr zusehe, wie sie sich dort, am Boden im Schutt liegend, eingerollt hat und schläft. Wie ein Bläuling in seinen Kokon!

Ein Bläuling? Ein Schmetterling, ja. Ich kenne mich halt aus mit Tieren!

Später dann noch versuche ich, Lilitha hochzuheben, um sie in mein Schlafzimmer zu tragen oder in eine Notaufnahme. Ich zerre an ihren schlanken Armen, aber sie ist, obwohl noch jung und flatterhaft, doch bereits zu schwer für mich, denn auch ich habe sehr viel getrunken.

Ein kleines Bündel, das da mitten auf dem Gehsteig liegt. Ich küsse sanft ihre roten Backen und rücke ihr Röckchen zurecht. Sieht doch ganz ordentlich aus, denke ich. Ihr wird schon nichts zustoßen. So ein Baggerfahrer am nächsten Morgen überrollt doch keinen Bläuling, die sind doch bekanntermaßen höchst *sorgfältig*, die Baggerfahrer!

Ja, es ist ein Glück, dass die kleine Lilitha gelernt hat, wie man sich im Notfall vor einem Baggerfahrer schützt, bevor er einen mit der Schaufel überrollt. Einerseits, weiß sie, ist es ziemlich einfach, einen, wenn auch schweren, Mann über die eigene Schulter zu hieven. Sie hat das ein paar Mal geübt im Polizeisportverein. Sogar im Dunkeln! Der dicke Polizist hat ihr, zur Übung, an einer windigen Ecke aufgelauert, und sie hat ihn beherzt gepackt und kurzerhand über die Schulter geworfen.

Sollte das nicht ausreichen, hat ihr der Polizist mit auf den Weg gegeben, könne man einem Angreifer auch den Adamsapfel in den Hals drücken. Das würde augenblicklich Wirkung zeigen. Zum dritten, »auch das nicht zimperlich«, könne Lilitha mit der flachen Hand, »mit der flachen Hand!«, hat der

Polizist noch einmal wiederholt, von unten kommend dem Gegner gegen das Nasenbein schlagen und es so nach oben ins Hirn schießen. Auch das wäre, neben viertens, dem Griff in die Augen, ein probates Mittel, einen Übergriff abzuwehren. Das alles wissend, ist Lilitha stets ein gutes und braves Kind gewesen.

Ich wanke durch die Nacht, dem Morgen entgegen, und nehme noch einen Schluck aus der Flasche. Kann ja noch gerade Sätze bilden, so betrunken kann ich gar nicht sein. Hübsche Aff-aff-affäre mit der kleinen Lilitha, aber an die Ninni reicht die freilich ni-ni-nicht heran.

Ninni, meine Kaktusblüte, *du* bist noch ungepflückt. Und gleichzeitig wirst du dich um so vieles begabter anstellen! Ich warte noch ein Weilchen, denn ich werde reich belohnt werden. Warte auf ein *aestheticales* Jahrhundertereignis, ein *metaphoricales* Naturerlebnis. Nicht *Fitamine*, bewahre, nein!, ich warte auf *Love* im Mangrovenwald, *hot hot Sex* im Monsunregen, bei Sommergewitter. Ich warte auf eine *Bitch* wie Blitz und Donner, dass wir uns umarmen, ich und die *Lady*, wie auf Lianen. Und herrlich blühen die Parasiten, und du steckst dir eine Papageienfeder ins Haar und reitest auf mir wie auf einer Herde von Flusspferden. Dein Hintern zwei Rumkugeln, deine Brüste zwei Kokosnüsse, dein Bett mein Sandstrand, du meine Hülsenfrucht.

Ach, da liegt schon wieder eine Bananenschale. Wieso werft ihr denn euren Dreck nicht in die *dafir vorgesehenen* Behältnisse?

SAM

Ich will fort von diesem Gör, will etwas anderes sehn. Ich knie mich zu den BMX-Rädern, die nebenan an den Ständer gekettet sind, suche eins mit Nummernschloss und nehme noch einen Esslöffel voll Geduld aus einer *achtlos* weggeworfenen *Takeaway Box*.

Schimmi sagt: Denn Geduld braucht es, wenn man sich daranmacht, ein Nummernschloss zu knacken. Und nicht nur Geduld allein, auch Fingerfertigkeit! Mein Trick: zuerst den ersten Ring drehen, dann ziehen, weiter drehen, wieder ziehen, bis der ganze Ring durchprobiert ist. An einer Stelle, bei einer Ziffer, geht das Ziehen dann etwas leichter als bei den anderen. Wenn man die gefunden hat, nimmt man sich den nächsten Ring vor, die gesamte Prozedur wieder, danach den dritten und den vierten Ring. Es ist auch *Psychologicalität* im Spiel: Man benötigt das Vertrauen in die eigene Fähigkeit, das Schloss zu öffnen. »*Yes!!*«, kreische ich.

Und dann kann man auf dem Fahrrad durch die Nacht *cruisen*. Man tritt in die Pedale, atmet den Gegenwind ein, denkt an Ninni, *yes*, Ninni, *she's my Girl!*, bleibt nicht stehen, sieht sich alles an im Vorbeifahren. Ich halte nicht mal an zum Wasserlassen, das klappt auch im Fahren, bald trocknet der Fahrtwind die nasse Haut an den Beinen. Herrliches

Leben! Ich kann spucken, pieseln, pischen, lachen, saufen, kotzen, rasen, essen, küssen, schmatzen, schimpfen, schreien, lachen. *Isch* bin ein Multitalent! Ich trete in mein BMX und betätige die große Hupe, die am Lenker angebracht ist. Das gesamte Fahrgestell ist *aufgepimpt* und *hochgetuned.* Da wird sich der Besitzer aber freuen, wenn er merkt, dass da einer einmal in die eigene *psychologicalische* Stärke vertraut und so das Schloss geöffnet und das Rad geklaut hat. Ich sitze auf dem tiefergelegten gepolsterten Sattel wie auf einer Harley, und »*born to be wild!*«, rufe ich, wie es Abermillionen heißer Kerle vor mir getan haben. Doch der Schimmi ist, wie immer, von allen der heißeste.

Irgendwann steige ich ab. Weil ich Durst habe, riesigen Durst. Der Bourbon ist leer, und ich will etwas Leichteres. Alkoholisch doch, aber leicht. Alkoholisch doch, aber leicht.

Fokussiere, Schimmi: Doch, aber. Ich stelle das BMX am Straßenrand ab, ein Schild mit der Aufschrift XXL leuchtet mir neongelb entgegen. Rutsch nicht aus auf deinem Weg in die nächste Disco, lass dich nicht vom Bourbon niederstrecken. Ein ausgewachsener Mann, der wird doch mehr vertragen als ein kleines Mädchen!

Ich gehe hinein, XXL, alle Blicke sind auf mich gerichtet, die Männer lassen ihre Muskeln spielen, die Frauen lecken sich die Lippen.

»Hallo, schöne Frau«, sage ich zur ersten. »Du hast Augen wie zwei Sterne am Himmel«, sage ich zur zweiten. »Tolle Beine!«, rufe ich der dritten zu und pfeife ihr nach. »Bist du Model?«, frage ich die vierte. Und dann, *ungläubig*: »Nein?! Du hättest aber Chancen!« Der fünften gebe ich einen *Klaps auf den Po*, sie genießt es. Der sechsten stecke ich einen Zettel zu: »Ruf mich an.« Der siebten sag ich: »Ich denke immer nur an dich, Baby.« Der achten: »Wow, schickes Kleid! Nur du kannst es tragen.« Der neunten blicke ich tief ins Dekolleté, der zehnten gebe ich einen Kuss auf die Stirn, *yeah*, Mädels, balgt euch um mich.

Sie sind sich einig: Hier kommt der *Hotteste* unter den *Hotten*, der *Fresheste* unter den *Freshen*, der Obermakake, der affengeile. Er ist unser Vortänzer, / er ist der Aufreißer. / Er hat die Hosen an, / nur er weiß, wie man rappen kann. / Er ist der Styler, / kein Blender, ein Keiler. / Er trägt seine *Snapback, Jungle Fever*, / *Rat Pack, Ape Swag*.

Ja, so sagen es die *Ladies* im Club XXL, sie tanzen mir zugewandt und weichen doch zurück. Sie ehren und sie fürchten mich, ich gehe weiter und bin so *fame*, setze einen Schritt vor den anderen, steuere die Bar an, lasse mich auf einem Sessel am Tresen nieder, stehe wieder auf, lehne mich übers Verkaufspult, *flexibel*, und sage zum Barman, ganz locker: »Ein IPA aus der Flasche, aber nicht zu warm, Bruder.« Beim Wort Flasche ziele ich mit zwei Fingern auf ihn: IPA oder Leben.

Der Barman kann mich nicht hören, weil die Musik so laut ist, ich muss es schreien: »Ein IPA aus der Flasche, aber nicht zu warm, Bruder«, beim zweiten Mal klingt es beinah noch lässig. Ich hole ein paar von den Münzen, die Lilitha mir gegeben hat, aus meiner Hose und jongliere damit vor seinen Augen, um mein Anliegen zu unterstreichen.

Lilithas Münzen?! Was heißt *gestohlen*? Sie hat mir die Münzen *geschenkt*. Ich brauch doch die paar Münzen nicht, wenn ich ganze Bündel von Scheinen hab! Unsummen, Reichtümer, Abermillionen. Meterware! Pools und Fincas. Helicopter und Privatjets. Einen Jacuzzi und ein Weingut. Da brauch ich nicht kleinlich zu sein wegen der paar Münzen. Lilitha liegt doch ohnehin träumend am Wegesrand und will keinen Ballast.

»Na, wird's bald?!«, ich schnippe ein Centstück über den Tresen. Ja, gleich wird sich der Barmann in Bewegung setzen für das bisschen Metall, *super small*, *bling-bling*.

Nun hat aber der DJ ein Problem und findet den Übergang nicht von der einen in die andere Nummer, die Beats von den Tracks *matchen* nicht, weil zufällig gerade die Kopfhörer den *Sound* nicht an sein Ohr transportiert haben. Und es passiert etwas, das einem DJ nie passieren darf auf einer guten Party, und wenn es passieren sollte, dann –

Nein, nein und nochmals nein! Schimmi sagt: Es *darf* nicht passieren, *niemals nicht*!

Aber der DJ im XXL hat es nicht unter Kontrolle. Nicht unter Kontrolle für wenige Sekunden, und für wenige Sekunden herrscht absolute Stille in diesem Raum, *Break*, der doch soeben noch mit 120 Dezibel beschallt worden ist. Und in diese Stille hinein brüllt der Barmann, der sich darauf vorbereitet hat, 120 Dezibel zu übertönen, mir entgegen: »Lichtbildausweis!« Ich habe mich geschämt für den Barmann und für seine Unprofessionalität im *Job*. Lichtbildausweis, mitten in die Stille hinein.

Und was hätte ich darauf sagen sollen? Sehe ich etwa aus wie ein Minderjähriger? Wie einer, der nur mit seiner Mutter ausgehen darf?! Einer, der sich nach zehn Uhr abends wieder in seinem Tower einzufinden hat? Alcatraz! Sehe ich so aus, als hätte ich kein Anrecht darauf, mir nach einer halben Flasche Bourbon ein frisches helles IPA zu genehmigen in einer Disco mit dem lächerlichen Namen XXL? Immerhin *stehe* ich noch, während die faule Lilitha schnarchend auf dem Gehsteig liegt!

Ja, wieso seht ihr mich so an? Habt ihr noch nie einen schönen Mann gesehen? Ihr bettelt mich an, um ein Autogramm? Seht her, wer die fetten Ringe trägt! Schaut es euch an: Hier steht es gold auf gold geschrieben, wer *real* ist und wer *fake*.

Ich hab mit einem Alligator gerungen und einen Wal gewürgt, ich hab dem Blitz Handschellen angelegt und den Donner eingesperrt. Ich bin ein ganz ein Böser. In dieser *Woche hab ich einen Felsen ermordet und einen Stein verletzt, einen Ziegel krankenhausreif geprügelt.* In dieser *Nacht werd ich den Schalter in meinem Schlafzimmer betätigen und im Bett sein, bevor das Licht aus* sein wird.

Yo, euch geb ich Nachhilfe in *Breakdance*, dabei vier Spraydosen in jeder Hand! Euch zeig ich das *Beatboxen*, aber diesmal ist es gar nicht *human*! Ihr wollt testen, wer besser reimen kann? Ho!, lasst uns *battlen*, gegeneinander, denn gleich hört ihr, wer hier XXL ist!

Und so nutze ich die sekundenlange Stille, in der alle auf den Barmann und auf mich starren, um endlich für die anwesende *Crowd* meine Nummer zu performen: Ich mache drei riesige Schritte zurück, mitten auf die Tanzfläche, die Discokugel glitzert im Spiegelglas meiner Sonnenbrille, *I know!*

Die Leute bilden einen Kreis, ich werfe mich zu Boden und drücke, nur an den Händen aufgestützt, meine Beine nach oben. U-u, *yeah!* Und springe dann auf die weichen Sohlen meiner *Jungle-Fever-*Schuhe, *bounce.* Ich stehe, dann Move, Move, Move, ein Griff an die Eier, Tribut an *Michael*, u-u-u. *Ball so hard!, Kanye*, ich kenn dich, *Jay-Z*, auf dich steh ich.

Und plötzlich hört man einen neuen Track, den der DJ auflegt, endlich brummt wieder der Bass, und ich schreie noch, während ich mich bewege vor den Augen aller:

»*Isch* kann besser reimen als ihr, / besser reimen / als

alle auf der Welt, *yeah*. / *Diss* is' keine Selbstüberschätzung, / *Diss* is' Realismus, Baby! / Realismus, Baby! / *Isch* ziehe meine Hose aus, / Realismus, Baby! / und *schtrippe* für *disch*, / *isch schtrippe* für *disch*. / Und du schaust rüber, / denn du hast mich geseh'n, / Realismus, Baby! / *Isch* bin der beste Rapper / und *schtrippe* für *disch*, / und du willst meinen *Schwingel* sehn, / in der Disco hier, / Realismus, Baby!«

Ja, ich *disse* euch! Ich habe ein Recht darauf, angeboren. Eine Pflicht, euch in die Schranken zu weisen, ihr *Background*-Sänger, *supporting Acts*, Bühnentechniker, ihr Showtänzer aus der zweiten Reihe. Ihr seid wie Gruppentiere, doch ich bin euer Anführer. Auf meiner Querflöte blas ich euch den Marsch, ich geb euch den Rhythmus vor. Ich mach euch den *Stadtaffen*, den Schläger, *toxic*, *exotic*, den Weltmeister, den *Beatboxer*.

Und so weiter, mir wäre noch viel eingefallen, aber die Herdentiere, natürlich, sie haben keinen Sinn für das Außergewöhnliche. Sie sehen es nicht, wenn vor ihnen die Krönung der Schöpfung steht im gebrochenen Licht der Discokugel vom XXL. Sie meinen antreten zu müssen gegen den *Fittesten*. Aber ich, ich sage es euch noch einmal und gratis dazu: Das werdet ihr nicht überleben. Woher ich das weiß? Aus dem Biologieunterricht, ihr Arten, ihr Gattungen. Anpassungsfähig, und dennoch bald ausgestorben.

Wie gesagt, ich hätte es euch kostenlos beigebracht. Aber ihr wolltet ja nicht hören. Bildet stattdessen einen Kreis um mich herum, einen *Mob*, drängt mich in die Mitte. Lacht blöd, spottet laut, gafft mich an. Okay, gebt es mir. Versucht es nur.

Sie kommen näher und nah, gleich berühren sie den Schimmi, lachen aggressiv, stoßen ihn mit den Füßen, zuerst nur leicht und zaghaft, versuchsweise, dann immer fester, kräftiger, ohne Rücksicht. Die *Lady* mit den tollen Beinen ist ganz vorne mit dabei. Einer spuckt ihn an.

»Ihr Ameisen, ihr Zwergmäuse, ihr Einzeller, ihr Vierfüßer!«, kreische ich. Sie hören nicht auf mich, sie erkennen den König der Tiere nicht, selbst wenn er vor ihnen steht. Sie hören mich nicht, sie hören nur die 120 Dezibel des *unbegabten* und *überbezahlten* DJs. Bevor ich hier hinausgehe, klau' ich dem doch seine Anlage samt Reglern und Drehknöpfen unter den Fingern weg! Wann greifen denn die *neoliberalistischen Rationalisierungsprozesse*, wenn man einen schlechten DJ loswerden will? Wo bleibt die Vernunft des Marktes, der alles regelt? *Bam! Zap! Kapow!*

Am Boden liegt der Schimmi, den Mund hat er zu voll genommen. Schütz dich, Schimmi, sei endlich still! Die Menschen wollen nicht, dass du ihnen Hip-Hop vortanzt und dazu mit der Querflöte spielst. Sie gönnen dir die Kettchen nicht und auch nicht die Ringe, sie neiden dir die *Pumi*-Schuhe mit dem Palmblatt-Print, die du den *tschakistanischen* Brüdern gestohlen hast.

Sie wollen keinen Anführer, noch nicht, keinen *Chilla-Gorilla* aus Manila. Sie brauchen dich nicht, du störst sie doch. Sie können auch gar nicht wissen, was *besondere Bedürfnisse* sind, sie sind doch so *unaufgeklärt*. Du wirst es ihnen verzeihen, Schimmi. Nimm noch einen Löffel voll Geduld. Und beiß die Zähne zusammen. Wozu hast du eine goldene Zahnspange? Die dient doch auch zum Schutz.

Die Leute im XXL schlagen auf den Schimmi ein. So einer passt nicht dorthin, der soll sich davontrollen, und diesmal ist das keine *feine Wortwahl*. Diesmal ist es eine Drohung, die kann der Schimmi doch nicht überhört haben. Oder ist es da schon wieder so laut gewesen, dass er die Warnungen nicht verstanden hat? Er hätte doch auf die Gesichter der Leute achten können, an ihnen hätte er doch den *blanken Zorn* ablesen können, der sie bald darauf zu *roher Gewalt* getrieben hat. *Inschtinkt*, Schimmi, *Inschtinkt*!

Da fehlt es dem Schimmi auch an Menschenkenntnis. Da ist er doch zu oft allein auf dem Sofa gesessen und vor dem Fernseher mit den Tiersendungen. Dort hat er eben auch nur seine Mutter und Guadalupe, die ja beide viel duldsamer sind, gehabt. Und so hat er auch die Nachsicht, die beispielsweise Zindi ihm gegenüber stets walten und sich gut dafür bezahlen hat lassen, falsch interpretiert, indem er sie verallgemeinert und somit *unzulässigerweise* auf die Menschen im XXL übertragen hat.

Es war nicht ein singulärer Anlass, der bei den Menschen derart den *Schalter umgelegt* hat, dass sie als Gruppe auf einen einzelnen losgegangen sind, der, wie stark er auch sein mag, sich gegen die wildgewordene Meute ja gar nicht mehr wehren hat können. Es war vielmehr die Summe von Einzelheiten, die der Schimmi sich im Laufe des Abends geleistet hat. Und da war ja dann auch der Besitzer des *aufgepimpten* BMX-Rades unter den *Aggressoren*. Und die ältere Schwester von Lilitha, von der es heißt, sie sei *gewaltbereit* und *butchy*. Und die wütenden Brüder aus dem *Fashion Outlet*, alle drei. Und Yu-Mei! Fraglich, was eine wie Yu-Mei Chow nachts im XXL macht.

Und Ninni?! Ninni war nicht im XXL. Wahrscheinlich ist an diesem Abend, als der Schimmi beinah zu Tode geprügelt worden ist, die ganze Welt im XXL gewesen. Nur die Ninni, die Ninni eben nicht.

»Zindi?«

»Hello?«

»Zindi, endlich!«

»Wer sprickt, bitte?«

»Ich bin's, Schimmi. Siehst du nicht meine Nummer auf dem *Display*?«

»Jim who?«

»Ich doch. Schimmi Schamlos, wohnhaft im Haus der Mutter!«

»Oh, diese' Jim. Was kann ick für dick tun, Jim?«

»Zindi, ich hab mein Telefon wieder. Meine Mutter hatte es mir weggenommen. Ich versuche seit Stunden, dich zu erreichen.«

»Deine Kreditkartennummer, Jim, bevor wir weitersprechen.«

»Zindi, ich hab hier keine Kreditkartennummer. Ich liege vorm XXL und kann mich nicht bewegen.«

»Wenn du eine Massage möchtest, braucke ick deine Kreditkartennummer, Jim. Bitte drücke die 1, wenn du deine Abrecknung monatlick zugeschickt bekommen willst. Drücke die 2, wenn du eine Abonnement abschließen willst plus eine Uberraschungsgeschenk, drücke die 3, wenn du ...«

»Zindi, ich liege vorm XXL und kann mich nicht be-we-gen!«

»Drücke die 3, wenn du ein Mädschn aus deine' Nähe kennenlernen willst.«

»Gut, 3.«

»Du musst die Taste 3 drücken, wenn du ein Mädschn aus deine' Nähe kennenlernen willst.«

»Das *will* ich doch, verdammt, aber ich brauche deine Hilfe, Zindi. Ich liege vorm XXL, und jemand muss mich hier abholen.«

»*Motter.*«

»Nein, ich ruf jetzt sicher nicht meine Mutter an, Zindi. Ich habe alle meine Ersparnisse aus dem *Job* in die Anrufe bei dir *investiert*. Seit vielen Monaten, das weißt du auch. Du hast eine gewisse Verpflichtung mir gegenüber.

Du weißt auch ganz genau, welcher Schimmi hier spricht. Du kommst jetzt hierher und bringst mich fort von hier. *Sofort*, Zindi. Sonst darf ich dich, hier und heute, an den Straftatbestand Wucher und Missbrauch von Schutzbefohlenen erinnern.«

»Jim?«

»Ja, Zindi. Ich will die Massage später, gerne, aber denk jetzt bitte *pragmaticalisch*: Ich liege vor der Disco XXL, als Schwerverletzter, und ich brauche jetzt dringend jemanden, der mich hier abholt, sofort. Keine Polizei, keine Mutter, keine Ambulanz.«

Zindi schweigt.

Sie kann mich doch hier nicht einfach liegen lassen! Ist denn der *Service-Gedanke* noch nicht angekommen bei den *Hotlines*? Was wurde aus 24 Stunden *non-stop*? Aus der *Allround*-Betreuung? Wie kann es sein, dass man die Nummer eines *Call Girls* wählt, und dieses dann nicht ans Telefon geht? Ist das nicht in hohem Maße *geschäftsschädigend*? Die brauchen doch nicht mit *Kundentreue* zu rechnen, wenn sie es nicht einmal schaffen, sich um ihr *Kerngeschäft* zu kümmern! Die werden sich nicht lange halten können, die sind echt nicht *fit* für den Markt, echt nicht.

»Jim?«

»Oh, Zindi, ich dachte, du hättest aufgelegt.«

»Es kommt jemand, okay. Bleib, wo du bist, ick schicke Sam.«

»*Schäm*, Zindi? Wer ist *Schäm*? Ich will, dass *du* kommst, Zindi!«

»Jim, ick kann hier nickt los. Bleib, wo du bist. Sam wird sick um dick kümmern.«

Ey, Mann, dann lieber sterben! Was mach ich mit einem *Typen* hier? Massage?!

Die *Investitionen* in Zindi lohnen sich überhaupt nicht. Ganz und gar nicht! *Amortisierung*, pah! Von *Gewinnausschüttung* ganz zu schweigen. Stattdessen *Totalverlust*! Da bin ich aber froh, dass ich statt der Zindi meine Ninni hab. Zindi, ciao. Ich sage es, wie es ist, nämlich extrem *unpoeticalisch*: »Röchel, würg, kotz.«

»Jim, bist du okay? In zehn Minuten ist Sam bei dir.«

»Ich bin *nicht* okay, Zindi.«

Was bleibt mir denn anderes übrig, als auf diesen Mann zu warten? Könnte ich noch stehen oder gehen, würde ich mir wieder das BMX nehmen. Jetzt, wo er mich schon verprügelt hat, hat der Besitzer des Rades sein *moralistisches* Recht auf Rückgabe auch verspielt.

Dass ich das BMX während des Fahrens vorhin noch angepischt habe?! Eine Genugtuung!

Mir tut alles weh. Scheißweh.

Dass es auch etwas Gutes geben soll am Verprügeltwerden?! Dass der Schimmi währenddessen, und danach, eine Art von Erleichterung verspüre, die man auch vom Prügeln selbst kenne? Dass es etwas Befreiendes habe? Es eine gewisse Anspannung aus dem Körper nehme, wie ein Krampflöser? Das wäre sehr *zynicalisch*. Natürlich prügelt der Schimmi lieber, als dass er verprügelt wird. Diesmal war es eben Pech: hundert gegen einen.

Hundert?! Na ja, die zehn Ladies, eine davon mit wirklich kräftigen, muskulösen Beinen, der Barmann, der BMX-Besitzer, die drei *homoerotisch* interessierten *Tschakistanisten*, Yu-Mei Chow in ihren billigen Turnschuhen und mit ihrer asiatischen Kampfkunst, *Martial Arts*. Das sind ja schon sechzehn. Und erst die vielen *namenlosen Gesichter*!

»Schimmi? Schimmi Schamlos?«

»Hier.«

»Maguro, meine Mitarbeiterin, sie ist seit Tagen nicht im Nagelstudio gewesen.«

Yu-Mei Chow ist jetzt aus dem XXL herausgetreten, sie beugt sich ganz nahe zu mir herunter und haucht mir ihren Whisky-Atem ins Gesicht.

»Bäh!«, schreie ich und stoße sie weg.

Sie kommt wieder näher. »De' Jungemann hat nicht vielleicht eine Ahnung, wo meine Mitarbeiterin Maguro steckt? Keinen Tag hat sie pausiert, nie Urlaub beansprucht, immer Überstunden gemacht, und keinmal ist sie, auch wenn sie krank gewesen ist, zu Hause geblieben. Hm. Da ist doch etwas nicht in Ordnung. De' Jungemann hat nicht vielleicht eine Idee, wo meine brave und fleißige Maguro geblieben ist? De' Jungemann wohnt doch gegenüber, bei seiner Mutter im Tower, und spioniert, so hört man, mit seinem Fernrohr die Apartments der Nachbarn aus?«

»Wer behauptet so etwas?«, rufe ich jetzt *aufgebracht*.

Yu-Mei Chow sieht mich mit ihren vergrößerten Augen böse an.

Ich kann ihr nicht helfen, denn Maguro geht es bei mir viel besser als bei Frau Chow. Inmitten von Haarspray und Nagellack, ohne *Aufstiegsschangsen*, ohne Pass!

Das sage ich so natürlich nicht, stattdessen richte ich mich etwas auf, »auuu!«, und flüstere Yu-Mei Chow ins Ohr: »*Das Spiel, das wir Tiere spielen, ist doch wunderbar; die Flüsse sind voll mit bösen Krokodilen, und wer ein Kätzchen durchs Gras streunen lässt, der muss auch mit Schlangen rechnen. Der liebt das Leben, aber der spielt auch damit.*«

»Aha?«, Yu-Mei Chow sieht mich weiter an, nun aber tatsächlich *überheblich*.

»Und ich wohne nicht bei meiner Mutter. Es ist das Apartment, das *mir* gehört, seit mein Vater fort ist. Aber sie verwaltet es, so gesehen wohnt sie bei mir, liebe Frau Chow.«

»Bla, bla, bla. Ich will wissen, wo Maguro geblieben ist.«

»Dazu kann ich Ihnen leider keine, bla, bla, bla, Auskunft geben.«

»Du wirst sie doch nicht unter deinem Bett versteckt haben?«, Yu-Mei Chow hat einen *herausfordernden* Ton in ihrer Stimme, so als würde sie einen *makabren* Scherz gemacht haben wollen.

»Mhm«, sage ich und schüttle dabei rasch einige Male den Kopf, als ein großes Auto einfährt und hart abbremst. *Hey!*, es ist ein *Pickup*, ein *Ford Ranger*. Wenn der jetzt diesem Sam gehört, dann nehm' ich die Mitfahrgelegenheit *doch* wahr. Guuute Zindi! Yu-Mei Chow würde ich mit ihren Maguro-Fragen anders auch nicht mehr loswerden.

»Jim, Jimmy Summers?«

»*Yes, Schäm, that's me!*«

»Gut, dass ich dich hier finde. Cindy schickt mich.«

»Zindi!«

»Sie konnte nicht selber kommen. Steig ein.«

»Ich kann nicht.«

»Hm?«

»Ich bin verprügelt worden, auch von dieser Asiatin hier«, sage ich und deute dabei auf Yu-Mei Chow. Yu-Mei macht auf dem gepolsterten Absatz ihres Turnschuhs kehrt und geht *eilig* zurück ins XXL.

»Oh«, Sam sieht mich an. Offenbar fällt ihm erst jetzt, im Licht des anbrechenden Morgens, auf, wie übel ich zugerichtet worden bin.

Er setzt also den ersten und den zweiten Fuß aus seinem *Ford Ranger*, er trägt *Cowboy-Boots* mit silbernen Sporen daran, dazu weiße Jeans, eine bunte Schnalle mit Indianermotiv am Gürtel, blaues Jeanshemd, außerdem einen Hut aus Leder mit breiter Krempe. *Ey*, mein Retter, will ich rufen, sehe ihn aber bloß an mit offenem Mund. Er ist riesig, für ihn gibt es gar kein Metermaß, so groß ist er: sechs Fuß oder sieben, wow.

»Wow«, sage ich jetzt endlich.

Sam schiebt seine Hände unter meinen Achseln durch, winkelt meinen linken Arm an, packt ihn, lässt meine rechte Hand lose hinunterbaumeln, hebt mich hoch im Rettungsgriff und zieht mich so in sein Auto.

»Auuu!«, jaule ich auf, aber schon werde ich auf die Rückbank seines *Ford Ranger* gebettet, zugedeckt mit einer Pferdedecke, und wir setzen uns gemeinsam in Bewegung.

Ich schließe die Augen, der Motor des *Ford Ranger* macht die Musik dazu. Sam ist mein Wildhüter in der staubigen Prärie, und er ist mein *Guide* durch den nassfeuchten Regenwald.

Regenwald? Es scheint doch schon die Morgensonne in der Stadt! Die nachtaktiven Tiere haben sich verkrochen, die tagaktiven schreien u-u-u. Ein Koala kaut an einem Bambusblatt, ein Panda rollt in einem Flechtkorb durchs Gras. Braunbären kämpfen um den Platz auf einer Hängematte, *spielerisch*, und noch in Menschennähe. Ein schwarzer Makake schießt ein *Selfie* mit einem Mobiltelefon und lädt das Bild ins Internet hoch. Rotbraun leuchten seine Augen auf dem Foto, er lacht mit offenem Mund. Lacht er mich aus?

»Jim, bist du noch wach?«

»Mhm.«

»Jim, versuche, nicht einzuschlafen, bis wir bei Cindy sind.«

Später fahren wir durch eine steppenartige Landschaft, kaum noch grün, sondern braun, sandig, trocken. Ein junger Tiger beißt sich am Hals eines Zebras fest. Zwei Löwen kämpfen gegeneinander. Eine Giraffe schlägt eine zweite zu Boden. Eine riesige Schlange hat sich um einen kleinen Geparden geschlungen und drückt jetzt zu.

Eine Herde von Flusspferden attackiert ein Krokodil, das das Maul aufreißt und im Sterben seine spitzen Zähne zeigt. Zwei Elefanten schlagen Hörner und Rüssel gegeneinander, bis einer reglos liegen bleibt. Ein rot behaarter Affe frisst einen schwarzen Büffel, der, noch lebend, zusieht, wie der Affe das rohe Fleisch aus seinem Körper reißt. Vier junge Hyänen springen eine Antilope an, eine Impala mit schwarzer Nase, beißen sich fest an ihr, bleiben hängen, sie schleppt die Hyänen noch kilometerweit mit, bis sie blutend zusammenbricht. *Dschungelmusik.*

»Jim, deine Mutter ruft an. Jim?«

Enger können Ursache und Wirkung nicht beisam-
menliegen: Schimmi hat Zindi angerufen, Zindi hat
Sam angerufen, Sam hat Schimmi abgeholt.

Und Sam ist gefahren wie der Wind. *Ford Windstar*,
hat er gesagt, damit hätte er den Schimmi noch rascher zu Zindi gebracht, aber wegen der *Fahrsicher-
heit* ist der *Ranger* doch die richtige Wahl gewesen.
Was ist nur los mit diesem Äffchen, dass es sich
selbst immer wieder in Schwierigkeiten bringt?

Sam hat ihn Äffchen genannt, aber natürlich ist der
Schimmi, der während der Fahrt auf dem Rücksitz
des Autos dann doch eingeschlafen ist, ein Mensch
wie jeder andere. Vielleicht schwieriger, herausfor-
dernder, manchmal unerträglich.

Man tut den Affen auch unrecht, wenn man ihnen
menschliche Eigenschaften zuschreiben wollte. Sam
sollte das wissen, denn Sam hat als Cowboy viel mit
Tieren zu tun. Manche Tiere haben vielleicht besondere Charakterzüge, *angeboren*, sie sind störrischer
oder weniger duldsam, manch eines neigt wohl zu
alphatierischem Verhalten. Manch eines frisst den
Menschen die Kirsche vom *Blue Curaçao*, manch
eines liest sonntags die internationale Presse, manch
eines beansprucht den Platz an der Sonne, direkt am
Pool in einem Liegestuhl. Aber mit dem Schimmi?

Mit dem Schimmi ist doch keines dieser Tiere zu vergleichen!

Der Sam hat mich also zu Zindi gebracht. Die Zindi hat nicht im *Stadtentwicklungsgebiet* gewohnt, sondern im *Gewerbegebiet* in einem Motel. Dort ist der Sam immer wieder, während er sich gleichzeitig ja, außerhalb der Stadt, um seine Tiere hat kümmern müssen, an meinem Bett gesessen, während ich geschlafen habe. Er hat Angst gehabt, ich könnte bewusstlos sein und womöglich ersticken, aber er hat sich doch an Zindis Anweisungen gehalten und weder die Polizei noch die Rettung gerufen, bis ich wieder aufgewacht bin.

»Ruf nickt die *Police* und nickt die *Ambulance*, Sam«, hat Zindi Sam eingebläut. »Ick bin sicker, er ist bald besser. Er ist bloß *totally hypoglycemic*. Wenn er aufwackt, gib ihm die Vitamine.«

Wahrscheinlich bin ich in diesem Moment tatsächlich aufgewacht, die Aussicht auf *Fitamine* war ja nichts anderes als eine böse Drohung.

»Keine *Fitamine*!«, habe ich gebrüllt und wollte schon hochspringen. Aber weil mein gesamter Körper geschmerzt hat, als hätten mir die Menschen im XXL das Fleisch aus den Rippen gerissen, hab ich mich nicht aufrichten können. Diese blutrünstige Meute!

»Wo sind meine Ringe?«, habe ich dann gerufen, weil ich gesehen habe, dass sie mir meinen Schmuck abgenommen, mir meine *Jungle-Fever*-Schuhe ausgezogen und mich in einen von Sams Pyjamas gesteckt haben.

Woher ich weiß, dass es Sams Pyjama gewesen ist? Erstens war er mir viel zu groß, obwohl ich selbst ja ein ausgewachsener Mann gewesen bin, und zweitens hat er viele kleine *Lucky Licks* aufgedruckt gehabt, in den neuen Tag hineinreitend, nachdem sie sich im *Saloon* die Nacht mit IPA und Küssen um die Ohren geschlagen haben. Die *Lucky Licks* am Morgen danach auf ihren Pferden, ja.

»Jim, ruh dich aus«, sagt Sam und will mich beruhigen.

»Wo sind meine *Jungle-Fever*-Schuhe? Meine Sonnenbrille? Meine *Snap Back*, Sam?«, schreie ich, jetzt einmal wirklich *hysterisch*.

»Jim, du bekommst sie wieder. Werd erst mal gesund.«

»Ich bin gesund«, rufe ich empört, »ich-bin-ganz-gesund.«

»Jim«, Sam sagt es so *besonnen*, »Jim, deine Mutter hat angerufen. Sie und die Mexikanerin kommen dich holen, dann gibt dir Cindy auch deine Sachen wieder.«

»Mutter? Wieso Mutter?«, ich sehe Sam entsetzt an.

»Ninni«, sage ich daraufhin sehr bestimmt. »Ninni soll mich abholen.«

»Ninni?«

»En, i, en, en, i. Ninni. Ich will ihre Telefonnummer haben. Ich will sie anrufen. Sam, gib mir mein Telefon zurück.« Ich schlage mit den Fäusten auf die Matratze, wieder und wieder. Ich schlage und trommle und schreie u-u-u. »Niiinnii, rette miiich!«, brülle ich.

Sam wirkt *unentschlossen*, doch zunehmend *genervt*. Er kramt endlich mein Mobiltelefon aus seiner Hosentasche und wirft es mir aufs Bett.

»*Here you are*«, sagt er.

Siebzehntausend *versäumte Anrufe* der Mutter erscheinen als Mitteilung auf dem *Display*. Erst um elf Uhr vormittags, nachdem Sam mich frühmorgens abgeholt hat, ist es ihr offenbar aufgefallen, dass ich weder in meinem Zimmer noch vor dem Fernseher sitze.

»*Schäm*, meine Schuhe und die Telefonnummer von Ninni!«

»Ninni? Ist das deine Freundin, Jim?«, fragt Sam.

»Ist das deine Freundin, Schimm?«, äffe ich Sams Frage nach.

»Wieso hast du ihre Nummer nicht, wenn sie deine Freundin ist?«

»Wieso, wieso, wieso? Ich hab sie nicht. Bei der Schlägerei verloren, gelöscht, was weiß ich.«

Sam versteht halt überhaupt nichts von *Kissalität*. Er kann nichts dafür, er hat sein Leben auf der Kuhweide und im Nationalpark verbracht. Auch ein wichtiger *Job*, klar. Einer muss ihn machen. Von der

Praxis versteht er was, aber für *logicalische* Überlegungen ist da nicht viel Zeit gewesen. Und Sam hat zum Ausgleich ja den *Thrill* des Rodeo gehabt.

»Rufst du jetzt deine Mutter an?«

»Nein«, sage ich. »Nie, nie.«

»Okay«, sagt Sam.

Sam steht jetzt auf und nimmt eine Packung *Zett* aus Zindis Handtasche. Zindis Zimmer besteht aus dem Bett, in dem ich liege, *King Size*, einem einfachen Waschbecken an der Wand, einer kleinen Herdplatte auf dem Boden. Außerdem aus zwei Sesseln, mit rotem Plüsch überzogen, abgewetzt, einer ist zu mir ans Bett geschoben, dorthin setzt Sam sich jetzt wieder. Er hält mir die *Zett* entgegen, ich nehme eine und rauche.

»Was willst du?«, fragt Sam.

»Ich will meine Sachen zurück und damit zu Ninni.«

»Du kannst noch nicht aufstehen, Jim.«

»Ich will *Marshmallows* und keine *Fitamine*.«

»Okay.«

Sam raucht und scheint etwas zu tun, das aussieht wie nachdenken. Ja, ich gehe davon aus, dass er nachdenkt. Bloß denkt er etwas langsamer als ich. Nach einer Pause sagt er: »Jim?«

»*Yes?*«

»Du weißt, dass ich dein Vater bin?«

»*Yes*«, sage ich.

»Seit wann weißt du es?«

»Seit ein paar Jahren.«

»Hat deine Mutter mit dir darüber gesprochen?«

»Guadalupe.«

»Die Mexikanerin?«

»Die Reinigungsdame, die ich bezahle.«

»Okay.«

Sam raucht und blickt in die Ferne. Wahrscheinlich denkt er jetzt schon wieder an seine Kühe auf der Weide. Auch die Bäumchen, die er pflegen muss, das Unkraut, das er jäten muss, die Zaunpflöcke, die er in den Boden schlagen muss. Dass mein Manager-Vater ein Verhältnis mit Guadalupe gehabt haben soll? Der dicken Mexikanerin? Mein *aestheticaler*, erfolgreicher, fallschirmspringender Vater? Schwer vorstellbar. Schwer.

An so etwas *Perversialisches* denkt Sam jetzt sicherlich nicht. Man braucht Phantasie und *sexualistische* Erfahrung, um es sich vorstellen zu können: Ob mein Vater oben gelegen ist und Guadalupe unten? Ob er ihren *Culo* dabei angesehen hat? Ob sie die *Lubutins* meiner Mutter währenddessen getragen hat?

Ja, das ist sehr wahrscheinlich, dass sie die währenddessen getragen hat. Und dass das erst zu einem Problem geworden ist, als meine Mutter einmal vom Reiten aus der Arena zurückgekommen ist, sich hat duschen wollen nach einem *harten* Abend im *Show-business*, und dann die beiden, Vater samt Guadalupe, im Badezimmer gesehen hat. Man sagt *erwischt*, obwohl es weniger mit Wischen als vielmehr mit Saugen zu tun gehabt hat, was Guadalupe mit meinem Vater gemacht hat.

Während der ganzen Zeit, in der meine Mutter danach, später, im Krankenhaus gewesen ist, hat Guadalupe den Haushalt trotzdem *niemals nicht* vernachlässigt. Und dafür bin ich ihr, als *Arbeitgeber,* dankbar. Und meine Mutter ist danach und bis heute wohl einfach zu schwach gewesen, um Lupe hinauszuwerfen.

Mein Vater hat zwar nicht wegen Lupe meine Mutter und mich verlassen, auch wenn das kleinste der mexikanischen *Niños* heute aussieht wie ein *Gringo.* Denn was hätte einer wie mein Vater mit einer wie Guadalupe auf lange Sicht angefangen? Und meine Mutter ist nicht wegen Guadalupe umgefallen und mit dem Kopf auf dem Badezimmerboden aufgeschlagen und auch nicht, weil mein *aestheticalischer* Vater sie verlassen hat, obwohl sie ihn *sehr geliebt* hat, sondern, hier greift wirklich der Begriff der *Kissalität,* weil er alle Dollars, Scheine und Aktienpapiere aus dem gemeinsamen Tresor in seinem *Schimsung*-Rollkoffer mitgenommen hat als *Finanzspritze* für *Tschakistan.*

Danach hat meine Mutter, auf einen Schlag, nie wieder auf einem Pferd sitzen wollen. Wir waren *unserer gesamten Ersparnisse beraubt,* und sie konnte ab da justament keiner *anständigen* Arbeit mehr nachgehen. Aber das war diesmal keine *Kissalität,* sondern es waren einfach *die Nerven*. Denn was können die Pferde dafür?

Aber was man vielleicht *vage* in Zusammenhang bringen kann, ist, dass es meinem Vater, obwohl er mich *sehr geliebt* hat, angeblich, *die Nerven!*, mit der Verantwortung im *Job* auch, zu *aufreibend* geworden sei mit seinem Sohn. Ich weiß es nicht, aber ich habe gehört, was die Nachbarn aus den anderen Apartments in den Tagen und Wochen danach miteinander getuschelt haben. *Gemobbt* und *gebasht* haben die mich! Körperlich *frühreif*, geistig *unterentwickelt*, haben sie mich genannt. Oder umgekehrt?

Die tapfere Frau, haben sie über meine Mutter gesagt. Und sie haben noch lange sehr gut über sie gesprochen, über die tapfere Frau. Erst als meine Mutter *finanziell* keinen Ausweg mehr gesehen hat, haben sich die Nachbarn von ihr, und damit von uns, abgewandt.

Wieso wir noch zusätzliches Geld benötigt haben, da ja auch ich, als erwachsener Mann, in meinem *Job* gut verdient habe? Ich denke, da hat meine Mutter falsch *kalkuliert*. Hat ihre Euros für *Fitamine* ausgegeben. Aber Euros taugen nichts, und *Fitamine* auch nicht. Erst wenn man sie eintauscht gegen *Phetaminnis* vielleicht. Und Zucker.

»*Schäm*?«, frage ich.

»Ja?«

»Ich brauche meine *Marshmallows*.«

»Jim, wir werden uns darum kümmern.«

»Nicht dann. Jetzt!« Ich schlage wieder mit den Fäusten auf die Matratze. Wann kommt diese blöde Zindi heim? Eine Frau, die mich hier warten und betreuen lässt von ihrem Liebhaber oder Lebensgefährten, sinkt natürlich in meiner Gunst. Sinkt und sinkt. Was soll ich sagen? Umso mehr steigt Ninni. Man nennt das: *Börse*.

Sam raucht.

»*Schäm*?«

»Ja?«

»Wann kommt Zindi heim?«

»Bald, Jim, bald.« Sam deckt mich wieder etwas zu. Denn wenn Zindi kommt, soll sie nicht sehen, dass mein *Schwingel* größer ist als seiner.

Dass Sam Zindi kennt, ist keineswegs *verwunderlich*. Man kann nicht alles mittels Abstammung und Herkunft, mittels Ursache und Wirkung erklären, aber was man doch davon ableiten kann, hat immer ein *Missing Link*. So wie man landläufig sagt, alle Straßen führen zum Tower XY, so heißt es auch, alle Schicksale, soweit sie nicht auf Zufall gründen, bündeln sich in Schimmi. Auch das ist sie, die *Schimmifikation*.

Es ist vielleicht ein Fehler gewesen, Zindi gegenüber am Telefon so offenherzig davon erzählt zu haben, dass ich mir mit meiner Mutter das Apartment teile.

Aber es ist auch nötig gewesen als Information für die Nutzung der Kreditkartennummer. Es ist mir immer sehr wichtig gewesen, dass alles *korrekt* abläuft.

Ja, meine Mutter bürgt für mich, das ist wiederum ein Zufall. Es könnte genauso gut umgekehrt sein, dass ich für sie bürge. Schimmi sagt: Je nachdem, wie der Würfel fällt im Leben. Beim nächsten Mal werde auf jeden Fall ich für sie bürgen. Ich verstehe, dass das sonst keine gute *Optik* macht, nach außen hin.

Zindi und ich?! Oh, wir haben viel miteinander telefoniert. Es ist dabei auch um *Sexualismus* gegangen. Aber eben nicht nur. Ich habe ihr auch von Maguro erzählt und von Mutter, auch davon, dass ich Ninni bald treffen werde, von Guadalupe, von meinem Vater. Von Süßigkeiten und Spielzeug, und auch von meinen Plänen, dass sie, Zindi, ebenso bei mir einziehen wird können. Dass alles schon vorbereitet ist. Ob Maguro nichts dagegen haben wird, hat Zindi mich einmal gefragt. Da hab ich ziemlich lachen müssen.

Mittlerweile ist Ninni die Nummer eins, aber Zindi kann ja die Nummer zwei sein und so weiter. Eine bürgt für die andere. Die *Girls* werden sich gut verstehen!

»Jim, bist du wach?«
»Ja, *Schäm*.«

»Du weißt, dass Cindy versucht hat, deine Mutter zu finden?«

Dschungelmusik. Diese Zindi ist eine Verräterin. Ich werde Maguro für sie bürgen lassen.

»Zindi? Wieso wollte die denn meine Mutter finden wollen?«

»Es ging um die Deckung der Kreditkarte, die offenen Zahlungen. Und es ging um die Drohung, die du am Telefon Zindi gegenüber geäußert hast.«

Da denkt man, Zindi aus dem Fernsehen sitzt irgendwo *offshore*, man wird erst weit reisen müssen, um ihr *Office* ausfindig zu machen und sie dann zu sich ins Apartment zu holen. Man ist sich sicher, die Telefonnummer wird umgeleitet über Hongkong, die Karibik und zurück. Aber in Wirklichkeit wohnt Zindi, ganz *analog* und *in Echtzeit*, in derselben Weltstadt. Und sie macht sich hier auf den Weg, ihr *hartverdientes* Geld bei meiner Mutter einzutreiben, die wiederum bei Sam in der Arena ein *klärendes Gespräch* gesucht hat, ohne allerdings dort selbst wieder mit dem Reiten zu beginnen.

»*Schäm*?«

»Ja, Jim?«

»*Schäm*, hast du damals das Pferd, als ich in der Arena auf dem Boden gelegen bin, nachdem ich vom Schaf gefallen bin, mit Absicht losgelassen?«

Sam sieht jetzt zu Boden. Dann legt er seinen Kopf in die aufgestützten Arme und hält sich die Augen mit den Händen zu. *Psychologicalisch* sehr aufschlussreich. Ich sehe ihm zu. Diese Rutsche lege ich ihm aber jetzt nicht. Er muss schon selber eine Antwort darauf geben. Nach einer Weile sagt er leise: »Jim. Ich wollte es nicht.« Sam schluchzt: »Ich bin von deiner Mutter so enttäuscht worden. Wie sie mich hat stehenlassen. Bei vollem Aufgebot!« Sam weint. »Ich habe dich gesehen, Jim, wie gesund du damals warst und wie kräftig, ein herrlicher Reiter mit Motorradhelm und Ellbogenschützern auf einem galoppierenden Schaf!«

Sam bricht zusammen. Das heißt, er sinkt plötzlich völlig ein im plüschbezogenen Sessel, heult und schreit, fährt wieder hoch, schleudert seinen Hut in die Ecke, reißt sein Hemd auf, schwitzt und atmet flach. Ich bleibe ganz ruhig und wiederhole es:

»Hast du das Pferd damals in der Arena mit Absicht losgelassen?«

Sam weint. »Jim, es hat sich losgerissen. Sein Gurt war viel zu eng geschnallt, es bockte und schlug auch gegen mich aus, seinen Besitzer. Ich habe es nicht fest genug gehalten, ja. Es hat sich losgerissen, und ich habe so etwas wie einen Moment von Schockstarre durchlebt. Ja, ich erinnere mich noch genau, ich wollte es einfangen, aber ich habe, wie gelähmt, einen Moment zu lange gezögert. Und das Zögern rührte vielleicht von einer Art Eifersucht her. Das sage ich heute, rückblickend. Eifersucht gegen deine schöne Mutter, *Miss Teen Rodeo!*, und gegen euer *Familienglück*. Sogar den Kühlschrank mit *Ice Crusher* habt ihr benutzt, zu dritt.« Sam weint.

»*Schäm!*«, ich sehe Sam *verächtlich* an. Das mit dem *Ice Crusher* kann ich ja verstehen, aber *Familienglück*?! Schimmi sagt: Jedem seine Idealvorstellung, aber *Familienglück*, das geht zu weit. U-u-u.

»Jim. Erst danach hab ich gewusst, dass ich dein Vater bin.«

Brrr. Ich sollte jetzt sagen, dass ich ihm verzeihe. *Großmütig*. Ich kann mir sein Geflenne nicht länger anhören. Ich muss hier fort. Ninni, Ninni, Ninni.

»Vater!«, rufe ich.

»Schimmi!«, ruft Sam und umarmt mich.

Igitt, er riecht nach Kühen. Ich drücke ihn weg von mir.

»Vater, ich habe nur einen Wunsch.«

»*Hooah!*«, ruft Sam, *überdreht* und plötzlich fröhlich.

»Ich will, dass du mir die Mutter vom Leib hältst. Und ich brauche die Telefonnummer von Ninni.«

Sam sagt noch, dass er Zindi aber versprochen hat, mich nicht aus den Augen zu lassen, da sie den Plan hat, später meine Mutter und die Mexikanerin mitzubringen, um mich nach Hause zu transportieren. Ich schenke Sam jetzt meinen *entschlossensten* Blick, in den ich gleichermaßen die Aussicht auf Verzeihung lege. Ein Stein würde ihm vom Herzen fallen, könnte er etwas gutmachen bei mir. Ich sehe es dir an, Cowboy.

Um nachzudenken, nehme ich mir noch eine *Zett* aus der Packung. Ihr Geruch erinnert mich an meinen Vater. Mein Vater wollte ein Cowboy sein wie Sam, deshalb hat er, *logicalischerweise*, wie alle Cowboys, Ranger und Pioniere aus dem Mittleren Westen *Zett* geraucht.

»Wohnst du bei Zindi?«, frage ich Sam jetzt. Ich brauche einen Plan, wie ich von hier wegkomme. Ich muss Sam zwingen, mich zu Ninni zu bringen. Oder besser noch, sie holt mich hier ab. Noch einmal möchte ich nicht in diesem *Ford Ranger* liegen müssen.

Na, weil das einfach nicht ein Auto ist nach meinem Geschmack. Ich brauche etwas Schnelleres, etwas Jüngeres. Keinen *sicheren* Wagen. Einen *Apeman*. Einen *Ford Apeman!* Womöglich hat Sam noch vor, mich in seinen blöden *Trailer* zu bringen, um die Vater-Sohn-Beziehung zu festigen. Brrr.

»Ich wohne im *Trailer Park*, direkt bei der Arena. Nicht hier bei Zindi«, sagt Sam. Klar, Sam, ich komm dich sicher einmal dort besuchen.

»Schläfst du mit ihr?«

»Cindy?«

»Zindi, ja.«

»Ja, Schimmi. Ich schlafe mit ihr.«

»Und?«

»Sonst nichts.«

»Ihr macht sonst nichts miteinander?«

»Nein. Das reicht ja.«

Dann schwärmt Sam davon, dass Zindi ein *all-american Girl* sei. Das habe er gleich gesehen, als sie in ihrem *Cheerleader*-Kostümchen in die Arena gekommen ist, um mit meiner Mutter zu sprechen. *All-american!* Wie *Pancakes* mit Heidelbeeren, *Cream* und Mandelsirup zum Frühstück, wie Toastbrot mit Rührei und Speck, dazu literweise wässrigen Kaffee. Und wie Burger zum Mittag mit Pommes und *Fiffi Cola*, wie Pizza am Abend mit Spaghetti, Bier und Chips. So ist Zindi, das hat Sam sofort gesehen.

»Kein Obst?«

»Kein Obst.«

»Nie?«

»Nie.«

Oh, ich wünschte, Zindi wäre meine leibliche Mutter! Kein Obst, nie, nie. Aber in der Handtasche eine Pistole, ein 9-mm-Kaliber, in der Farbe *Prison Pink*. Um damit ihren, Zindis, Lohn einzufordern und meine Mutter dazu zu bewegen, ihrem Sohn, mir, das Mobiltelefon abzunehmen. Die Pistole war Zindis Trick, so wie die Dollars immer mein Trick sind, oder wie jetzt gerade, Sam gegenüber, *emittionale* Erpressung mein Trick ist. Aber Keramikbeschichtung in *Prison Pink*! Auf *Kundenwunsch*! So sexy!

Trug meine Mutter zu diesem Zeitpunkt noch ihren Blaufuchs? Hätte sie Zindi damit bezahlen können?

Nein, Zindi hätte den Blaufuchs nicht angenommen. Nie, nie.

»Ninni«, sage ich und denke darüber nach, ob der Tod meiner Mutter durch Erschießung, ein Mord im Rodeo-Milieu, zu ihr gepasst hätte.

Sam erhebt sich endlich, müde und etwas unwillig, aber ich lasse ihm keine *Alternative*.

»Wenn du Ninnis Telefonnummer herausfindest, verzeihe ich dir, Vater, mein leiblicher Vater. Ich verzeihe dir, was du mir angetan hast. Was du unserer Familie angetan hast«, sage ich *großzügig*. »Immerhin verdanke ich dir mein Leben.«

Sam muss Ninnis Nummer herausfinden. Er kennt sich doch aus mit Frauen, die man anrufen kann.

»Du würdest eine große Last von meinen Schultern nehmen, Schimmi«, schluchzt Sam *treuherzig* und trocknet sein Gesicht, indem er mit der linken Hand über seine Augen wischt. Es ist von der Arbeit, draußen in der Natur, so schmutzig gewesen, dass die Tränen es an manchen Stellen saubergewaschen haben.

Sam sieht so lächerlich aus. Beweg dich endlich, Cowboy!

»Na, na, na? Wird's bald?«, sage ich, denn Sam versucht nun, mich noch einmal zu umarmen. Er lacht *verschämt*. Endlich steht er auf. Nimmt sein Mobiltelefon aus der Gürteltasche, ein altes *Nikia* ohne *Internetfunktion*, und telefoniert mit seinen Rangerfreunden und dem Cowboy-Club, mit den Leuten vom Vereinslokal *Bam's Stampede*, mit den *Line Dancers* und dem Organisationskomitee für die *Miss Teen Rodeo*.

Reitet Ninni denn auch Rodeos?! Nein, aber Sams Kalkül war folgendes: Sollte sie auch nur ein einziges Mal als Zuseherin dort gewesen sein, dann hat sie sich mit Sicherheit einen Pappbecher *Fiffi Cola* zu ihrem *Pulled Pork* bestellt. Und auf diesen Pappbecher hat eine der Mitarbeiterinnen mit einem dicken *Marker* Ninnis Namen geschrieben.

»Wie? Was ist denn das für ein Name? Nee, noch nie gehört. *Ey*, Kelly, weißt du, wie man diesen Namen schreibt, En, I, Doppel- oder Einfach-En? Und dann Ypsilon? Nee, Kelly, mach du das.«
So sprachen die Mitarbeiterinnen dort über Ninnis Vornamen in ihrer Anwesenheit. Dabei ist der Name zwar selten, aber doch vollkommen *simpel* zu schreiben. Und Kelly hat Ninnis Namen korrekt auf den Pappbecher geschrieben, *Fiffi Cola* eingefüllt und gesagt: »Das ist ein schöner Name, Ninni.« Und Ninni ist kurz rot geworden und hat gegrinst, und jetzt haben die Mitarbeiterinnen ihre schwarzen Zähne gesehen, die weiterhin ihre Zigarette gehalten haben. So eine merkt man sich.

Sam schreit in sein *Nikia*, das ja, je weiter die Menschen von ihm weg sind, umso leiser Sams Stimme überträgt. Gut, die Nachbarn haben ihn natürlich durch die Wände gleich mit angehört. *Nein-wann-wann!*

»Ich bin Sam. Eure *Security*, euer Beschützer, euer Ordnungsdienst. Euer Wachposten, eure Versicherung, euer Netz. Euer wohlverdienter Ruhestand, euer Thailand, eure junge Filipina, die euch den Haushalt macht. Eure tüchtige Slowakin, die eure Großväter betreut, euer Sozialstaat, euer Neoliberalismus.«

Sam telefoniert sich durch die Weltstadt. Die Menschen legen nicht auf, sie sprechen mit ihm, sie versuchen zu helfen. Sie vertrauen ihm, denn er beruhigt sie mit seinen Versprechungen.

»Ninni, wer ist das?«, fragen sie, *ehrlich* interessiert. »Was ist das für ein Name?«, fragen sie. »Nein, die kennen wir hier nicht, die haben wir noch nie gesehen. Ninni? Ninni von was, *Anita Eckberg? Anaïs Nin?*«

Aber wenn Sam anruft, dann kann das letztlich nur *Prosperität* bedeuten. Dann ist Ninni etwas, das den Menschen Sicherheit gibt in Zeiten der Angst. Wir müssen nur Ninni finden, dann wird alles gut. Dann enden die Kriege, dann herrscht Gerechtigkeit auf der Welt, dann ist der Euro etwas wert und der Dollar auch. Die Leute haben Sam, dem Cowboy, der mein Vater ist, vertraut. Und sie haben, hilfsbereit, eine Telefonkette gebildet.

Und irgend*wann-wann* dann hat Sam tatsächlich diejenige Mitarbeiterin am Telefon gehabt, die Ninnis Pappbecher beschriftet hat, als Ninni das eine

Mal beim Rodeo gewesen ist. Kelly hat sich am Telefon Sam gegenüber natürlich wichtig gemacht, die falsche Schlange. Sie hat ihre Bedeutung für die Lösung der Aufgabe betont, wollte Sam lieber persönlich treffen. Aber ich habe Sam mit dem *unnachgiebigen* Blick des *versöhnlichen* Sohnes angesehen, und Sam hat daher Kelly gegenüber darauf bestanden, die Information sofort zu bekommen. Sam hat den Lautsprecher seines *Nikia* aufgedreht:

»Ja, das war eine ganz feine Dame, weißblond-türkis-lilafarbene Extensions, Glitzer-*Lashes* statt Wimpern, tätowierte Augenbrauen, stark angemalte Lippen, schwarze Zähne mit Lippenstiftresten darauf, gebräunte Haut.«

»Klingt das nach Ninni, Schimmi?«, fragt mich Sam.

»Lass sie weitersprechen«, sage ich und heuchle Zweifel.

»Sie hat ziemlich viel geraucht und dazu *Fiffi Cola* getrunken, das meine Kollegin in den Pappbecher eingefüllt hat, den ich beschriftet habe. Zweimal *Refill*. Beim letzten Mal hat einer aus dem Organisationskomitee Ninni nach ihrer Telefonnummer gefragt, die sie daraufhin unterhalb ihres Namens auf den Pappbecher geschrieben hat.«

»Ein Mann, ein anderer Mann!«, rufe ich.

»Mister Sam?«, fragt Kelly.

»Miss Kelly, sprechen Sie bitte weiter. Wir wollen auch ganz sicher sein, dass es sich hierbei um die Ninni handelt, die wir suchen.«

»Wird dann alles gut, Mister Sam?«
Sam sieht mich an. Ich nicke.
»*Hooah!*«, ruft Sam, »das verspreche ich Ihnen, Miss Kelly.«
Kelly lacht am Telefon, es klingt *zuversichtlich*.

»Der *Daddy* aus dem Organisationskomitee wollte diese Ninni anlocken, indem er damit prahlte, ihr einen Startplatz für die Teilnahme an der nächsten *Miss Teen Rodeo* beschaffen zu können.«
Ninni, meine Göttin! Sie würde den Titel holen, genau wie meine Mutter damals! Schicksal, erfülle dich! Ich, der *Hotteste* unter den *Hotten*, der *Fresheste* unter den *Freshen*, der Obermakake. Ich, der Vortänzer, ich, der Aufreißer. Und sie an meiner Seite, die Schönheitskönigin! Ja, alles wird gut!
Kelly hat derweil am Telefon weitergesprochen:
»Ninni hat ja spektakulär ausgesehen, aber der *Daddy* aus dem Organisationskomitee hat praktisch kaum Einfluss auf den Ausgang der Wahl. Unter uns gesagt, lieber Sam, habe ich mich damals auch dafür beworben.« Kelly kichert. »Aber vom *Style* her hätte sie gut zu uns gepasst. Schwarze Plüsch-Jogginghose, hellbraune *Iggs* dazu, das sind die *topmodischen* Lammstiefelchen, die die Surfer schon in den 70ern getragen haben.«
Kelly ist ausufernd in ihrer Beschreibung, ja, und mir schwillt der Daumen dabei so sehr an, dass Sam mich jetzt *entsetzt* ansieht. Na ja, unter Männern.

Ich stecke meinen Daumen rasch in den Mund. *Duke Kahanamoku, Duke Kahanamoku*, nimm mich mit auf der nächsten Welle! Ich will, dass Kelly jetzt weiterspricht und Sam Ninnis Nummer bekommt.

»Kennen Sie die, Mister Sam?«

»Diese Stiefelchen, Miss Kelly?«, fragt Sam *ungläubig*.

»Ja, Mister Sam.« Kelly klingt jetzt etwas verunsichert.

Sprich weiter, verdammt. Ich zeige Sam ein Foto von *Pemelli Anderson* auf meinem Mobiltelefon in rotem Badeanzug und *Igg-Boots*. Sam nickt jetzt *wissend*.

»Die trug auch *Pemelli Anderson*, Miss Kelly«, sagt er dann laut.

»Richtig, Sam. Also, Ninni trug die auch. Ein ausgewaschenes *Boyfriend*-T-Shirt dazu in XXL mit aufgedrucktem Totenkopf von *Id Hardy*, die Jogginghose, und darunter einen neongelben *Schtring*, der bis zur Taille nach oben gezogen und besonders gut zu sehen war, wenn sie sich gebückt hat.«

Es durchzuckt mich wie ein Blitz. »Hat sie sich gebückt, *Schäm*?«, zische ich ihm entgegen.

»Hat sie sich gebückt, Miss Kelly?«, fragt Sam am Telefon.

»Na ja, Mister Sam, sie wollte in die Teilnehmerinnenliste aufgenommen werden. Das wollen wir schließlich alle. Aber der Typ hat den Becher mit ihrer Telefonnummer dann trotzdem später nicht mehr mitgenommen. Und weil ich ihren *Schtring* danach auf der Toilette beim Zusammenräumen gefunden habe, hab ich mir gedacht, ich rufe sie einmal an. Vielleicht vermisst sie den, der war echt von *Viktoria's Sigrid*.«

»Haben Sie sie angerufen?«

»Nie. Ich hab den *Schtring* in die Waschmaschine geworfen und danach anprobiert. Dann wollte ich ihn doch behalten.«

»Haben Sie –?«

»Ja, ich trage ihn jetzt, in diesem Moment, Mister Sam.«

»– die Nummer von Ninni, Miss Kelly!«

»Die auch, Mister Sam.«

Sam hat die Nummer von Ninni notiert. Ich bin beinah ausgerastet währenddessen. Habe mir den Daumen blutig gebissen. Ansonsten blieb ich, guter Sohn, unbewegt. Ich hab gedacht, gleich entkommt mir ein quäkender Schrei, gellend, gellend!, ein Kreisssch–, ein Affenkreischen.

Ich hätte am liebsten das gesamte Motelzimmer von Zindi kurz und klein geschlagen. Ich habe gekocht vor Wut und gebrannt vor Schmerz. Ich habe die gesamte *animalische* Natur in mir brüllen gehört. Diese Sau, dieser *Wixer*, dieses Nichts! Ich werde ihn töten.

Aber vorher fahre ich zu Ninni. Fick dich, fick dich, fick dich. Ich werde dich in Portionen zerteilen und dem Dschungel zum Fraß vorwerfen.

Dschungelmusik. Was will denn meine Mutter jetzt wieder am Telefon? Ist die denn schon auf dem Weg hierher, zu mir? So knapp vor meinem Ziel?

»Mama, Mutter, Mutti, ja, ich bin bei *Schäm*, meinem leiblichen Vater. Wir haben uns *ausgesöhnt*. Ja, alles wird gut. Wir retten die Welt und den Finanzmarkt! Und dann komme ich endlich wieder zu dir nach Hause.« Und: »Mama, halte mich«, flüstere ich dann leise. Jetzt habe ich doch begonnen zu heulen. Wie *unangebracht*, vor der eigenen Mutter. Als erwachsener Sohn!

Das Leben ist ein Spiel. Du kannst verletzt werden, aber jeden Tag sterben Menschen bei Flugzeugabstürzen, verlieren ihre Arme und Beine bei Autounfällen; Menschen sterben jeden Tag. Dasselbe gilt für Kämpfer: manche sterben, manche werden verletzt, manche machen weiter.

Heißt es.

Jetzt hab ich schnell handeln müssen.

»*Schäm*, diktier mir die Nummer!«

1, 2, 3, 4, 5, 6, 7. Ich gebe das hier nur *verschlüsselt* wieder. So nah an der süßen Mangofrucht lass ich mir von keinem *Daddy* die Beute streitig machen. Von jetzt an wird nicht mehr geteilt! Ich wähle die Nummer, es tutet.

»Ninni? Ninni! Hier, hier ist Schimmi. Ich bin's, deine große Liebe aus dem Nagelstudio von Yu-Mei Chow! Du hast dir den Haaransatz nachfärben und die Nägel machen lassen, und ich war der, dem du dann deine Hand entgegengestreckt hast. Der mit dem heißen Daumen. Ja, der.

Der kleine Junge? Nee, da hast du mich in falscher Erinnerung. Ich bin der ausgewachsene Mann, Statur wie ein Gorilla, goldenes Lächeln, Dollars im Sack.

Ja? Du erinnerst dich? Sehnst dich nach mir?«

Sam hat mir die ganze Zeit über *selig* zugesehen. Er ist stolz auf seinen Sohn, der eine Freundin hat wie diese feine Ninni.

»Ninni, ich komm jetzt zu dir. Bleib, wo du bist! Ich komme mit dem Auto, pack deine Sachen zusammen, du ziehst jetzt zu mir. Meine Mutter soll deine Sorge nicht sein. Also, nimm mit, was du brauchst, deine *Schtrings* und die *Iggs*, den Rest kannst du zurücklassen.

Ninni, jetzt beginnt eine ganz fette Zeit für uns zwei. Su-su-superfett! *Beware*, Ninni, *beware*! Gleich werde ich bei dir an die Türe klopfen, Top 123. Leg dich schon mal auf die Matratze, mach dich schon mal frei. Obenrum und untenrum. Ja, ich bin auf dem Weg, *practically* bereits auf dem Weg zu dir.«

Ninni hat aufgelegt, die kann es gar nicht mehr erwarten. Ich bin so aufgeregt, ich bin so irr und so wirr, es juckt mich so sehr, sie reizt mich so. Das wird ein Festschmaus im Garten Eden! *Paradise* in *Tower's Height*. Es wird heiß, es wird nass, es wird sexy, es wird *sexualistisch* und *perversialisch*. Ich muss los. Ich muss sofort los!

»*Schäm*, sie lädt mich ein! Ninni! Ich muss zu ihr!« Sam nickt. Wie nur, wie machen wir es? Ich kann nicht selbständig stehen oder gehen, nachdem mich die Leute aus dem XXL so verprügelt haben. Sam überlegt nur kurz, dann packt er mich an den Schultern und am Hintern, »I-i-i-i-iii!«, kreische ich, und Sam hebt mich und trägt mich, eingerollt liegend in seinen Armen, zur Motelzimmertür. Ich stecke den Daumen wieder in den Mund und nuckle daran, ein wenig beruhigt es mich. Ich darf nicht ausrasten und meine gesamte Energie verschießen, bevor ich bei Ninni bin.

Mein Herz schlägt wie eine Trommel im Dschungel. Ich höre die Tropfen des Monsunregens, ich höre das Schreien der Papageien, ich rieche die feuchte schwarze Erde unter unseren Füßen. Jetzt bloß keine schlafenden *Fressfeinde* wecken!

Dschungelmusik. Was denn schon wieder?!

»*Schäm*, wir müssen los!«

»Schimmi, geh ans Telefon, es ist deine Mutter.«

»Sie will nicht, dass ich zu einem Mädchen gehe.«

»Jim, du bist alt genug. Heb ab und sag ihr, dass du zu deiner Freundin Ninni fährst und danach wieder zu deiner Mutter zurückkehren wirst.«

»Ich will nicht zurück, *Schäm*. Ich will nicht. Ich will keine *Fitamine* mehr. Ich will nicht eingesperrt sein in unser Apartment, ohne meine Ninni bei mir zu haben. Ich will mit Ninni zusammen sein. Ich will sehr viel *Sexualismus* mit ihr treiben. *Dirty, flirty*, verstehst du? Ich kann nicht länger bei meiner Mutter gehalten werden. *Schäm*, du bist doch auch ein Mensch, *Schäm*, hilf mir jetzt, bitte, bring mich zum Tower XY, jetzt, los!«

Ich brülle und heule in Sams Armen wie ein kleiner Junge, dabei bin ich doch schon ausgewachsen und voll mit dichter Schambehaarung, gelbblond gebleicht. U-u, *yeah*. Jetzt muss ich mich kratzen. U-u, *yeah*.

»So schlimm, Schimmi?«

»So grau, *Schäm*, so, so grau.«

Sam trägt mich in seinen starken Armen und öffnet die Türe. *Bam! Zap! Kapow!*

Hier stehen sie, meine *depressivische* Mutter im anthrazitfarbenen Seidenkimono: offenbar ist sie direkt aus dem Bett gekrochen gekommen. Neben ihr Guadalupe im Blauchfuchs und in zwei perfekt aufeinander abgestimmten *Lubutins,* dahinter eine Dame mittleren Alters im *Cheerleader*-Kostüm und mit riesigen silberfarbenen Pompons in jeder Hand.

»Zindi?«

»Jaime!«, kreischt Guadalupe als erste, als sie mich sieht, noch bevor Zindi etwas sagen kann.

»Mama, Mutter, Mutti!«, schreie ich. »Was macht *ihr* denn hier?«

»Jaimito, wie siehst du denn aus?«, fragt Guadalupe. Ich grinse. »Alles in Ordnung, Lupe. Ein paar kleine Kratzer. Weil ich eine ganze Armee verprügelt hab. *Ey!* Und Zindi macht mir dazu den *Cheerleader*?« Ich lache. Zindi tut beleidigt, so als hätte ich etwas über ihr Alter gesagt. *Well*, sie ist sportlich, sie kann es tragen! Guadalupe, Zindi und meine Mutter, Letztere auch noch kein Wort herausgebracht habend, sehen mich *entsetzt* an.

»Ihr habt den Weg hierher umsonst gemacht. Ich muss in den *Job*, sorry, ganz dringende Geschäfte, Besorgungen, Erledigungen, Kontakte. Tut mir leid, ich bin echt *busy*. Lasst euch doch von meiner Sekretärin einen Termin geben. *Schäm*, wir gehen.«

»Jim!«, meine Mutter hat offenbar die Fassung zurückerlangt und brüllt mir jetzt ins Ohr, als wäre sie

Jane Goodall höchstpersönlich. Kein Weg führt an ihr vorbei, heißt dieses Ji-i-im.

War *Jane Goodall* denn etwa nicht sanft zu den Affen? Stimmt denn dieser Vergleich?! Realismus, Baby, noch einmal:

»Jim!«, meine Mutter hat die Fassung zurückerlangt und brüllt mir ins Ohr, als wäre sie das krasse Gegenteil von *Jane Goodall*, nämlich *nothing good at all*. Kein Weg führt an ihr vorbei, sie, Zindi und Guadalupe stehen vor der Motelzimmertür und sind fest entschlossen, mich nicht zu Ninni fahren zu lassen. Ja, die Eifersucht!

»*Schäm*?«, frage ich flehend.

Sam sieht meine Mutter an.

»Sam«, sagt meine Mutter *streng,* und Sam durchlebt noch einmal einen Moment von Schockstarre.

»Jim«, sagt die Mutter jetzt. »Ich wollte dir ein paar *Marshmallows* aus deinem Vorrat mitbringen. Damit du nach Hause kommst.«

»Gulp.« Sie weiß von meinem *Marshmallow*-Vorrat unter dem Bett? Wieso weiß sie das? Sie darf nicht in mein Zimmer kommen und unter meinem Bett schnüffeln!

Wieso ist sie in mein Zimmer gegangen? Wollte sie meine Dollars? Ja, das war es! Sie hat dort in meiner Abwesenheit meine Dollars gesucht. Wollte mein Geld verschleudern! Mit irgendwelchen dreckigen Liebhabern.

Was hat sie immer mit meinen Dollars gemacht? Sie hat sie in Prosecco *investiert*! In Kondome! In lebensmüde Taxifahrten! Bäh!

Es schüttelt mich, und ich spüre, wie ich noch wütender werde als zuvor. Mein Schädel platzt gleich, ich beiße die goldenen Zähne zusammen und lächle meine Mutter an, bitter. Sie kann mich nicht durchschauen. Ich bin *psychologicalisch* ausreichend geschult und kann meine *Emittionen* vor ihr verbergen.

Diese Frauen sollen mich jetzt gehen lassen. Wieso tut denn dieser Versager Sam nichts? Goldenster *Smile*.

»Jim, du brauchst jetzt nicht zu grinsen.«

Schimmi, du brauchst jetzt nicht zu grinsen. Grinsen, grinsen, grinsen. Es treibt sie zur Weißglut, dass ich so grinse. U-u-u-u-u. Mich fängst du nicht mit deinem Kescher, mich nicht! Sam ja, Vater vielleicht, mich aber nicht. Nie, nie, nie.

»Jim, unter deinem Bett bei den *Marshmallows*. Dort liegt eine Frau. Eine junge Asiatin mit dem Namen Maguro.«

Ich sehe meine Mutter an.

»Jim, diese Frau liegt unter deinem Bett und ist mit deinen Springseilen gefesselt. Jim, das ist kein Spiel.«

Meine Mutter sieht mitgenommen aus. Guadalupe stützt sie. Sam guckt mich an.

Ja, schaut nur blöd. *Holy shit*, es geht ihr doch gut

bei mir. Hättet sehen sollen, wie die im Nagelstudio hat schuften müssen!

»Jim, sie lebt. Sie hat sich tagelang nur mit Cola und *Marshmallows* am Leben halten können. Jim, ich frage dich jetzt, wie ich jeden anderen erwachsenen Mann fragen würde«, meiner Mutter bricht die Stimme, sie fängt sich wieder, »Jim, fin-dest-du-das-etwa-gesund?!« Beim letzten Wort schreit meine Mutter. Mittlerweile sind die Nachbarn auf den Plan gerufen, sie stecken ihre Nasen durch den Türspalt und rühren sich nicht, die feigen Heuchler.

Meine Mutter will jetzt auf mich einschlagen, Sam weicht zurück, ich falle zu Boden, »auuu!«, ich rapple mich auf, raffe mich auf, *affe* mich hoch, springe vom Boden aufs Bett, springe vom Bett auf die Fensterbank, unter mir liegt die Weltstadt. Es ist bereits wieder Abend geworden, ich sehe ihre Lichter unter mir. Es sind Glühwürmchen, die mir den Weg leuchten wollen. Ja, ihr kleinen Insekten, euch werd ich auch noch zerquetschen! Ihr seid das unterste Glied in der Nahrungskette, aber ich bin ganz oben. Ich kreische »i-i-i-i-iiih«, ich trommle mir auf die Brust, »u-u-u«, mein Brusthaar schillert rötlich in der letzten Abendsonne. Ha!, so beweglich bin ich wieder und so wendig, so *flexibel* und elastisch. Ich schüttle meinen Kopf wie wild, die Läuse werden aus meinem Schopf geschleudert, ich singe und johle tief und wieder hoch »u-u-u-u-u«. Ich kralle mir noch meinen Schmuck und meine Kleidung, die *It-Pieces*, *yeah*. Mit einem Griff hab ich alles, denn meine Arme sind lang genug, und der *opponierbare* Daumen hilft mir jetzt, mich an der Vorhangstange festzuklammern und mich, noch einmal mit Anlauf, durch das Glas hindurch, aus dem Fenster und in die Stadt hinunterzuschwingen. *Ululation*, mit einem heulenden, jodelnden »U-u-u!« Ja, ich bin sehr musikalisch. Das wurde bei mir bereits im Querflötenunterricht grundgelegt und verfeinert, *yo*.

Schimmi sagt: Die Schule ist für den *Job* später völlig unbrauchbar, eher sogar hinderlich. Ich hab meistens nicht aufgepasst. Nur an den Stellen, wo es notwendig gewesen ist. Das nennt man *Affizienz*. Erst im *Job* muss man zeigen, was man wirklich draufhat.

Nun, ich muss es ja nicht zeigen, ich bin einfach der *Boss*. Ihr seid vielleicht kein *Alpha*, ihr seid *Beta*, das reicht doch völlig aus. Der Schimmi braucht euch für allerlei niedere Dienste. Und der Schimmi bezahlt euch dafür.

»Du-bi-du-u-u, u-u-u.« Ich springe singend und kreischend durchs Fenster hinunter in die Stadt, komme unten auf dem Asphalt auf, behände, leise, flink. Ich richte mich elegant auf, ziehe mir die Glassplitter aus der Haut, berühre sie wie zum Test mit der Zunge. Ja, wusst' ich's doch!, sie schmecken nach Zucker und zerbröseln zwischen meinen Fingern. Heissa, das ging rasch!

Ich laufe weiter in Richtung des *Stadtentwicklungs-gebiets*, sprinte in meinen *Jungle-Fever*-Schuhen, leichtfüßig, über Beton und Kanalgitter, durch Unterführungen hindurch, über Brücken, entlang der U-Bahn-Stationen. Springe dort, wieder unten, in einen Wagen, der gerade abfährt, lasse mich einige Stationen mitnehmen, laufe dann wieder oberhalb der Stationen weiter, Supermärkte, Imbissstuben, *Drive-in, Junkfood.* Hinter mir höre ich die Sirenen der Polizeiautos.

Ich habe natürlich von Anfang an gewusst, dass der *Erziehungsauftrag* meiner Mutter so weit geht, dass sie den eigenen Sohn der Polizei ausliefert, bloß wegen einer überzuckerten Asiatin unter seinem Bett, die in diesem kleinen Stück die ganze Zeit über nur eine Nebenrolle gespielt hat. Mittlerweile werden sie Maguro ja wieder ins Nagelstudio zurückgebracht haben, wo sie vom Rotkäppchen mit Misosuppe aufgepäppelt wird.
Nebenrolle?! Ja, denn Ninni ist es, die hier die Hauptrolle spielt. Dann kommen die anderen. Danach erst kommt meine Mutter. Und ganz am Ende, dort ist Maguro mit dem *Fiffi Cola* unter meinem Bett gelegen.
Die Polizei möchte auch mitspielen. Sie kommt näher und wird lauter mit ihrem Geheule. »U-u-u!« Ich muss schneller vorankommen, um bei Ninni zu sein. Ich laufe an den parkenden Autos vorbei, laufe

und zähle mit, fort, fort, fort. *Courier, Galaxy, Granada, Transit, Pilot, Popular,* wo steht nur endlich der *Ford Apeman,* um mich zu meinem *Girl* zu schippern?

Dschungelmusik. Noch einmal hebe ich ab.

»Jim?«

»Ja, Mutter?«

»Ich wollte dich nicht an die Polizei verraten. Ich wollte dich nach Hause bringen, deine Wäsche waschen und dir frisches Gemüse kochen. Guadalupe wollte mir dabei helfen. Tacos mit Rindfleisch und Guacamole, mit Zwiebelringen und geschnittenen Tomaten, mit Bohnen und schwarzer *Mole.*«

Da sehe ich, mitten auf der Straße, wo die Autos fahren, ein schillerndes winziges Ding. So klein, dass es kaum zu sehen ist, aber doch so bunt, dass es sich absetzt von der grauen Farbe. Ich laufe auf die Fahrbahn, die Autos hupen und wollen nicht anhalten, ich aber bücke mich und kratze es vom Beton. Hey, es lebt noch! Wie Maguro. Ja, dann hab ich hier auch noch etwas für die *Emittionen* der Naturschützer getan.

Jetzt aber schnell, kleiner Schmetterling! Zeig mir den Weg in Richtung Tower XY! Bring mich zu einem passenden Wagen. Sei mein *Guide. Schwebe wie ein Schmetterling, stich wie eine Biene!*

In die Polizeisirene mischt sich immer wieder der *Sound* von *Dschungelmusik.* So viele Farben hat die

Natur! So ungezählt sind ihre Arten. So vieles, was der Mensch nicht kennt und wovon er nicht weiß, weil er es nicht sehen kann.

Aber ich sehe es. Wie auch schon der berühmteste Schläger der Welt gedichtet hat: *Ich weiß, wohin ich gehe, und ich kenne die Wahrheit, und ich muss nicht sein, wie du mich willst.*

Aber wenn ich vielleicht doch so bin, wie du mich willst, dann wirst du mich vielleicht li-li-lieben. Ich klopfe jetzt einfach mal an deine Tür. Mindestens einmal, höchstens hundertmal.

OH, SCHIMMI!

Ein Schmetterling flattert durchs Bild. Inmitten eines Apartmentblocks! Das ist nicht der Anfang. Hundertmal läutet einer bei Ninni und bittet um Einlass. Hundertmal, kein bisschen länger hat er Geduld. Danach wird er sich Zutritt verschaffen. »Tok-tok, Ninni, mach auf!«

Jetzt beginnt's: Ninni wirft ihm zum hundertsten Mal die Türe vor der Nase zu. Hundertmal geklopft und gefragt, freundlich. Und hundert Antworten, wieso der Schimmi nicht der Richtige sei. »Nein, nein, nein, nein, nein!« – ein unfreundliches Weib. Der Schimmi in dieser Geschichte bin ich. Getauft englisch: Jimmy, genannt deutsch: Schimmi. Noch hat diese Ninni die bessere Rolle in meinem Stück. »Rutsch mir doch den Buckel runter!«, brüllt sie. Ich bleibe an der Tür stehen und sage: »Buckel.« Es ist nämlich eine schöne Vorstellung: zu rutschen über Ninnis Buckel. Und sie sieht es mir an, wie ich mich dazu, »Ja, wirklich?!«, eingeladen fühle. »Schimmi, verschwinde. Bevor du dich zum Affen machst.«

Der Schmetterling setzt sich auf die Schnalle von Ninnis Wohnungstür. Ich drehe mich um und gehe.

Aber ich fühle den Triumph: Der Schmetterling ist nur die Vorhut. Während ich die Stiegen hinunterlaufe, höre ich das matschige Quietschen meiner Turnschuhe. Sapperlot, sie lädt mich ein, denke ich und pfeife. Jetzt nur nicht ausrutschen auf gefliestem Boden, jetzt bloß an blondiertem Schopfe mich selbst aus diesem Sumpfe ziehn!

Als Schimmi gehe ich in den Kostümverleih. »Grüß Gott, ich möcht mich für die Ninni zum Affen machen«, sage ich zum Kostümverleiher, der mich ansieht, man sagt dazu *ungläubig*. Was schaut der blöd und rührt sich nicht? Hab ich mich unklar ausgedrückt, oder hat er, wie alle in diesem Gewerbe, keine Phantasie? Der gafft mich an, von unten bis oben: die *Jungle-Fever*-Schuhe, die Hose mit Glanz, das bunte Hemd, die Sonnenbrille mit Spiegelglas. Ich bin ein frischer Typ, was kostet die Welt?, und schenk ihm meinen goldensten *Smile*: »Na, na, na?« Soll ich vorher noch eine rauchen gehn? Oder hat er die Marktwirtschaft nicht verstanden? Herr Kostümverleiher, ich nehm für dich jetzt die Sonnenbrille ab, hänge mich übers Verkaufspult, *flexibel*, und schau dir ganz fest in deine stumpfen Augen. Und du siehst: Meine sind blau wie der junge Ozean. Und du siehst außerdem: Die Brauen darüber sind buschig, und das steht für *Vitalität*. Ich streich mir darüber, mit dem Daumen gegen die Wuchsrichtung, und sage, sehr rhythmisch: »I wanna be laffd / ich will ein Affe sein / geladen / in den / Dschungel-von-Ninni.« Ich sage es lyrisch, ich sage es flötend.

»Ninni«, sagt endlich der Kostümverleiher, »Ninni von was, *A-nita-eckberg, A-naïs-nin*?« – Kein guter Rhythmus.

»Ninni von Nee-nee«, rappe ich zurück. »Sie hat so oft, als ich um Einlass bat, zu meinem Herzen nein gesagt, zu meinen Gedanken, unverschmutzt. Aber, aha!, sie will einen Affen, die Frau, bittesehr.« Sagte ich: bitte sehr? Oder: bitter, sehr.

Und hier ein Trick: Wenn man sich etwas nur sehr, sehr wünscht und dabei, zur gleichen Zeit, mit einem breiten Fächer aus Scheinen winkt, winkt und winkt – dann klappt es plötzlich doch. Es ist: Ma-gie!

Ninni, der Sturschädel, bildet eine Ausnahme, aber bei allen anderen: klappt's. Jetzt zum Beispiel, *actually*: »Den *King Kong* haben wir«, sagt der Kostümverleiher, und der Fächer spiegelt sich in seinen Augen und blitzt dort auf als Stern. So verstehen wir uns!

Er geht ins Lager, ich hinterher, vorbei an Monstern, Feen, Hexen, nicht hinsehn!, und zeigt auf das leblose Tier. Ein zweites liegt daneben.

»Ist mir neu, dass *King Kong* einen Bruder hat«, sage ich.

»Aus der *Gorillas-im-Nebel*-Zeit«, sagt der Kostümverleiher.

Sie sehen nicht aus wie *King Kong* oder *Gorillas im Nebel*, sondern wie zwei erschlagene Schimpansen, Safari 1966. »Eher aus der *Daktari*-Zeit«, sage ich.

Der Kostümverleiher sagt, er sei kein Biologe und ich solle es nehmen oder mich davontrollen.

»Feine Wortwahl!«, sage ich, und ich sage es *anerkennend*. Dann zupfe ich am Fell wie ein Textilhändler bei der Qualitätskontrolle.

»Ziehen Sie's an oder gehen Sie.« Immerhin siezt er mich, denke ich als feiner Mensch, während ich unten, an den Beinen, schon zum Affen werde. Ei, fühlt sich das gut an! Und gleich am Bauch, an den Armen, an den Schultern, am Rücken hinten.

»Den Reißverschluss zu!«, ruft der Kostümverleiher und fasst mir an den Steiß.

»I-i-i-i-iii!«, kreische ich, während er mit einem »Ratsch!« das Oberteil schließt. – Hölle, ist das eng.

»Ist das für Erwachsene?«, frage ich.

»Für Erwachsene«, sagt der Kostümverleiher, »die sind in den 60er Jahren noch kleiner gewesen.«

»Ach so«, sage ich und halte die Luft an.

»Steht Ihnen aber«, sagt der Kostümverleiher, der einen Schritt zurückgeht und den Kopf schief legt wie ein Schneidermeister.

Ein Paar Affenfüße und die Maske dazu! »Nicht einpacken, ich lass es gleich an.« Für zehn große Scheine aus meinem Fächer werden wir *handelseins*. *Fair enough*, er versteht das System.

Im Affenkostüm aus *Daktari* trolle ich mich davon. »U-u-u-u-u!«, als Affe springt es sich gleich doppelt so weit! Eng ist es, höllisch, ja, aber der Himmel rückt beim Hüpfen näher. Und seitlich hoch die Häuserfront – das werd ich noch üben. Mit den Armen und den Beinen auf den Laternenmast! Mit dem Schweif oben festhalten und mich dann zwei Meter hinunterrutschen lassen. »Heissa, Ninni, die Luft riecht nach Regenwald!« Und Hunger hab ich, weil ein Affe immer das Doppelte frisst, das muss ich nicht nachlesen, das sagt mir die Natur.

Die Welt ist natürlich für den Menschen gebaut: Da sind Häuser, Straßen, Fußgängerampeln. Verkehrsschilder und Werbetafeln. Die Weltwirtschaft und der Finanzmarkt. Da hat ein Affe nichts zu suchen. Wäre die Welt für Typen wie mich gebaut, dann stünde hier jetzt ein Baum, und oben schon säß meine Ninni. Sie würde den Strohhalm in eine Kokosnuss gesteckt haben und mir ihren Beachbody unter, nein, über die Nase halten, über meine feuchte schwarze Affennase. So aber muss ich hier erst einmal meinen Wagen suchen und in den Su-su-supermarkt *cruisen*.

Es ist übrigens ein Zufall, *beautiful Coincidence*, dass ich Schimmi heiß, man könnte spekulieren, das sei eine Ableitung von Schimpanse. Meine Mama, Mutter, Mutti hat aber zum Zeitpunkt meiner Namensgebung diese Wendung in meinem Leben, klar, gar nicht voraussehen können. Sie hätte sich, wenn ihr mein Schicksal bereits früh prophezeit worden wäre, mit Händen und Füßen dagegen zur Wehr gesetzt und hätte mich statt Schimmi, mein Vater hat dabei, so oder so, nichts zu melden gehabt, lieber Aufrechtgehendermensch, stattlicher Junge, Mamas Liebling getauft.

Ich aber hab mich öfter, damals schon als Kind, beim Nachdenken übers Existieren in die eigene, tierische, Natur so hineingesteigert, dass es mich manchmal, früher schon, innerlich so gerissen hat. Äußerlich blieb ich, guter Sohn, unbewegt, ich hab gedacht, gleich entkommt mir ein quäkender Schrei, gellend, gellend!, ein Kreisssch–, ein Affenkreischen.

Ja, ich wunderte mich, schon als Kind, dass ihr alle so duldsam seid, dass die Abläufe so funktionieren, selbst im Kleinen: dass nicht an der Supermarktkassa jeder zweite in der Schlange gleich anfängt zu brüllen beim Sich-Anstellen, zu röhren, zu bellen, zu quieken. Aus der Reihe zu flattern, zu grunzen, zu muhen. Mit beißendem Ton wär ich ja der erste gewesen: mit dem schnell aufeinanderfolgenden U-u-u-u-u. Ich hätte die Arme gebeugt und die Finger eingerollt zu zwei Greifhänden oder Klauen, gerade groß genug für je eine kleine, kugelrunde Kokosnuss. – Stellt euch dabei Ninnis Brüste vor! – Und ich hätt mich wild gekratzt am Kopf, dann unter den Achseln, dann am Bauch. Ich hätte mir den Bauch auch wohlig gerieben und später hätt ich mir mit den Kokosnusssfingern an den Anusss gegriffen, hätte an den Fingern gerochen und wäre dabei vor Lachen fast hintüber gekippt.

Statt immer Menschensätze zu sprechen: endlich U-u-u-u-u zu schreien, um danach ganz normal weiterzumachen, als wäre akustisch gar nichts vorgefallen. Kann doch nicht sein, dass es das Internet lustiger hat als wir selbst, hab ich mir dabei auch gedacht und stundenlang durchgeklickt von einem Tierchen-Clip zum nächsten, tik-tik-tik ist meine Lebenszeit in die Maschine geflossen, und das Bild von Ninni ist immer öfter aufgetaucht in der personalisierten Bildersuche von Herrn Schimmi Schamvoll, wohnhaft im Haus der Mutter.

U-u-u-u-u, Schluss mit Heulen, Schimmi, starte den Motor!

An Ninnis Stelle hätte ich, schon beim ersten Läuten an der Wohnungstür, freundlich gesagt: »Schimmi, willkommen!« Jetzt aber, mit den verbliebenen Scheinen in der Hose, betrete ich den Supermarkt, und die Leute kreischen. Sie sind der Natur so entfremdet, dass sie beim Anblick eines Affen im Supermarkt gleich an Überfall denken. Ich verhalte mich daher möglichst menschlich und trolle mich zum Erdnussregal. – Trollen: feine Wortwahl! – Und hätte ich in der Schule besser aufgepasst, wüsste ich auch, was ein Affe alles frisst.

Da sagt mir die Natur: zuerst zu den Erdnüssen, danach zu den *Chiquitas*. Und ich entscheide mich doch gegen die *Fitamine*, denn vielleicht schaden sie meiner Affenhaut. Lieber Schokobananen! Und weil ich kein Werbeträger bin, nenne ich sie ab sofort *Schickibananen*.

Es wäre natürlich für meine Entwicklung zum Affen wichtig, das Ganze gründlich recherchiert zu haben. So folgt nun der Test am Objekt: Wie viele Schickibananen passen in einen Affenmund?

Ach so, ich muss noch zahlen, und das ist eine aufwändige Prozedur: das ganze Affenkostüm ausziehen, wie wird das beim Klogehen?, mit der Hand unter die Jeanshose fahren und dann aus der Unterhose die eingerollten Scheine ziehen. Schimmi sagt: Der Eingriff vorne an der Unterhose ist für Dollars da und nicht für anderes.

Die Leute schreien schon wieder, sie glauben jetzt, ein Sittenstrolch wolle sich vor ihnen entblößen, ich bleibe aber, trotz sechzehn Stück *Schickibananen* in meinem Affenmund, möglichst menschlich und möchte zahlen. Die Kassaperson weigert sich, meine Dollars zu nehmen.

»In welchem Land leben wir eigentlich, dass ich nicht mit Dollars zahlen kann?! Wo bleibt der globale Markt, wenn man sich ein paar *Schickibananen* leisten will?«

Ich greife noch einmal in den Schlitz, die Leute kreischen wieder, sie haben nicht einmal ein Kurzzeitgedächtnis und glauben aufs Neue, ein Sittenstrolch wolle sich vor ihnen entblößen, aber ich hole ja nur das Geld aus der Unterhose, in einer anderen Weltwährung, und Geld, heißt es, sei nicht schmutzig und stinke nicht: Ich zahle damit gerne und gehe.

Zurück auf dem Parkplatz draußen: Der Motor meines *Ford Cougar* springt zuerst nicht an, er reagiert nicht auf Affenfüße, »komm, komm, komm!«, die Leute aus dem Supermarkt sind mir nachgerannt und wollen mich jetzt verhaften lassen. Ich muss ihnen, *detailreich*, erklären, dass ich *Herr Nilsson* sei und die Kostümierung einer Feier für meinen Junggesellenabschied geschuldet sei. Da wollen sie alle ein Foto mit mir machen, »ja, gerne«, sage ich, und wie die glückliche Braut heißt, fragen sie, »doch nicht etwa *Pippi*?«
Ich sage es ganz langsam und genieße den Moment: »Meine Braut heißt Ninni.« Ich sage den Satz dreimal, in unterschiedlichen Tonlagen und mit jeweils anderer Körperhaltung. Stolz; wie selbstverständlich; geheimnisvoll.
»Ah, Ninni«, sagen die Leute. »Von Ninette?«
»Nein«, sage ich. »Von Nee-nee.«
Wie kommen die Leute nur auf einen Namen wie Ninette? Ist ihnen das Näherliegende denn so fremd?
»Wie nett«, sagen sie alle, während mich philosophische Fragen quälen. Einer sieht sich meinen

Motor an, endlich komme ich los. Bitte keine Blech-
dosen an den Auspuff binden, denke ich noch.

U-u-u-u-u, geht es über die Autobahn, um bald bei
Ninni zu sein, endlich ein Haustier, ihr zahmer
Affe. *»Do-the-Monkey-Twist«*, singe ich, ein Lied,
das es gar nicht gibt, und dann noch eins von *Peter
Fox*, den ich verklagen werde, weil er mir meine
Kostüm-Idee gestohlen hat, um sich bei Ninni ein-
zunisten.

Jetzt mal zu den Tatsachen: So alt ist Ninni gar
nicht, und so jung bin ich auch nicht mehr, es ist also
ein *Ford Escort*, den ich fahre, und bald bin ich damit bei meinem *Girl*. U-u. Das Fell auf meinen Beinen! Die Brustwarzen über meinem Bauch! Und
super sehen die *Grillz* aus auf meinen Zähnen, noch
viel besser als zuvor, goldenster *Smile*.
So schau ich zum Fenster hinaus: Was grau gewesen,
wird jetzt bunt. Der Asphalt ist aufgebrochen, an
manchen Stellen, und nasse Erde wölbt sich dort
empor. Grüne Melonen sind auf den Boden gefallen,
entzweigesprungen und rot, schwarze Kerne plop-
pen raus. Sonne, Regen, Sonne. Kokosnüsse hängen
in den Bäumen, die jetzt Palmen sind, bunte Papagei-
en fliegen dort. Ein Regenbogen legt sich übers Blau
des Himmels, das gleißend ist, beinah ganz weiß.
Als ich die Fensterscheibe hinunterkurble, höre ich
das Schreien der Arten, die warten, bis ich zu ihnen

komme; ich, ein Affe unter Zebras und Löwen. Wo vorher der Fluss war, ist jetzt das Meer, Delfine springen, Wale rufen, Möwen kreischen. Ein Kollege pfeift mir, er ist ein fröhlicher Bonobo, aber ich sag nur: »Ich hab keine Zeit, ich muss zu Ninni.«

»Aaah«, rufen alle Tiere gemeinsam, »er muss zu seiner Ninni.« Und dann: »Bleib doch hier, dort passt du eh nicht hin.«

»Ich muss zu ihr, ich mach mich für sie –«

»Sei kein Narr«, rufen die Tiere, die es gut mit mir meinen, aber ich, ich muss weiter. »Sie passt nicht zu dir, vorher schon nicht. Jetzt noch viel weniger, wo du ein Affe bist.«

Das will ich nicht glauben, und ich kurble die Scheibe nach oben und rase weiter über die Autobahn. Diese Tiere haben keine Ahnung von der Liebe, das steht in jedem Biologiebuch. Nur der Schimpanse versteht's. An den entscheidenden Stellen hab ich eben doch aufgepasst.

Dschungelmusik. Genau jetzt läutet das Telefon, während ich, mitten im Paradies, auf den Straßenverkehr achten soll. Noch mal fass ich unters Fell und in die Jeans, *Rumble in the Jungle* heißt der Klingelton oder *Bungle in the Jungle*. Ich hebe ab: »Mama, Mutter, Mutti, das passt mir jetzt überhaupt nicht, ich bin mitten in so einer Affensache, bitte ruf mich morgen an oder am besten gar nicht mehr; ruf nie mehr an, dein Sohn sagt ciao.«

Das zu sagen, trau ich mich natürlich nicht, ich halte stattdessen an und erkläre ihr, dass ich arbeite, antworte, dass ich die Schmutzwäsche in den Wäschekorb gegeben, auch, dass ich frisches Obst gegessen hätte, dass ich sie vermisse und so fort. Ich gehe hundertmal ums Auto herum, während ich mit ihr spreche, und jetzt, bei so viel Bewegung und so viel Zuhören, spüre ich, dass das Fell doch sehr eng sitzt, und denke, ja, dass der Kostümverleiher mir ein Kinderkostüm aufgeschwatzt hat, schon mit wenigen Worten, dass es wohl tatsächlich noch aus den 60er Jahren stammt, so brüchig, wie der Gummi bereits geworden, so funkensprühend, wie der alte Polyester ist, wenn ich das Fell nach hinten übers Haar zurückschiebe, gleich blitzt es. Das ist doch nicht die *Qualität des neuen Jahrtausends*!
Als endlich meine Mutter auflegt, fahre ich weiter.

»Ninni, ich bin jetzt da. Tok-tok, Ninni, mach auf!«
»Scheiße, Schimmi, was machst denn du da?«, fragt Ninni, eine schönere Begrüßung kann es nicht geben, und sie schaut auf den tropischen, nein, *tropicalen* Schmetterling, der auf meiner Affenschulter sitzt.

Ninni, du Schönheit des *White Trash*: im knappen Bademantel mit Tigermuster, kein Gürtel!, hibiskusblütenpinke Unterwäsche, die Beine unrasiert, die Haare da wie schwarze Termiten, die über ihre

Schenkel laufen, »hoch, hoch, hoch!«. Die Füße in unterschiedliche Söckchen gesteckt, chamäleonfarben, tausendfach gebrochen und schimmernd wie billigster Stoff, und über einen der Füße die glitzernde Gesundheitssandale gezogen, die zweite verloren. »Wie schaumgeboren!«, ruf ich.

Kanarigelbe Lockenwickler ins Haar gedreht, Zigarette im Mund wie den leuchtenden Morgenstern, der aufglimmt zwischen ihren schwarzen Zähnen, jedes Mal, wenn sie an ihm saugt, die Finger in die Zehenspreizer gesteckt: aus schwimmbadblauem Schaumstoff, darin gummiboot-rot die Nägel bereits.

»Ninni! Du duftest nach Sonnenöl, nach Delfinen und nach Cola-Rum!« Und: »Ninni, hier bin ich!«, nämlich *wonniglich*, und so nutz ich ihre Verdutztheit, um mich, endlich, in ihr Apartment zu drängen. Man wird mir vorhalten können, ich hätte dabei die Tür eingetreten, aber ich meine, es war ein Auftritt, den *King Kong* nicht anders als *zugewandt* beschrieben hätte.

Endlich drinnen! »Na, da schaut's aber aus, Ninni«, rufe ich, »räum doch mal auf, Ninni, da sieht's ja noch viel mehr als auf den Straßen draußen aus wie in einem Dschungel, die Lianen hängen von der Decke, wisch doch mal durch, Ninni, ich bekomme einen Sonnenstich im Flur, so heiß brennt die Lampe herunter«, Dunst und *Jungle Fever*, ab ins Bad, »dort schwimmen ja die Alligatoren in der Wanne!«

Diese Ninni hockt doch den ganzen Tag in ihrem Apartment und arbeitet nichts, die könnte doch einmal hier Ordnung machen: die Hölzer zu den Hölzern, die Käfer zu den Käfern, die Kolibris zu den Blumen und so weiter.

Weit durch ihr Palmbaum-Apartment spaziere ich, freue mich und singe, freilich in der Tonlage von meinem Lehrer Ian, nämlich *Ian Anderson*: »Ninni, lass uns rummachen im Unterholz: Ich bin ein Affe, wenn ich dich will; *ich bin eine Schlange*, wenn du mich nicht willst.« Da läutet wieder mein Telefon, *Dschungelmusik*, und ich hebe nicht ab. Ninni lacht mich aus für meinen Klingelton.

»Spotte nicht«, sage ich, »ich will an dein *Wasserloch*, ich will mir die Rosinen nicht bis Sonntag aufsparen, ich will die *Nüsschen* sofort snacken.« Den Text hab ich noch aus dem Querflötenunterricht, und Ninni lacht mich wieder aus. Aber lange wird sie, sag ich mir, nicht mehr lachen.

»Ich bin Schimmi, der Affengott!«, gröle ich durch Ninnis Apartment und springe ins Schlafzimmer. »Komm zu mir, süße Mangofrucht!«, jaule ich, werfe mich aufs Bett und breite meinen schwitzenden Affengottkörper über ihr Laken aus Nylon.

»Nie, nie, nie« und »nee, nee, nee«, quengelt Ninni, aber ich verstehe ihre Sprache, denn ihr Nein meint ein Ja. Nein-nein-nein, sagt sie, aber in Summe ergibt das ein Ja. Je mehr Nein, desto eher meint sie: Ich verzehr mich nach dir. Oder, als meine süße Mango-frucht: Schimmi, verzehr mich, ich bin reif dafür.

Aber Ninni bleibt bloß im Flur stehen und beginnt mich zu beschimpfen: »Scheiß *Furry*«, schreit sie mich an, »schleich dich, *hurry-hurry*, oder ich ruf die Polizei!«

Ach, so geht man mit den Affen um in einer aufge-klärten Welt?

Ich versuche es noch einmal mit Reimen: »*Das Spiel, das wir Tiere spielen, ist doch wunderbar; die Flüsse sind voll mit bösen Krokodilen, und wer ein Kätz-chen durchs Gras streunen lässt, der muss auch mit Schlangen rechnen. Der liebt das Leben, aber der spielt auch damit.*«

Ninni ist halt überhaupt nicht zu beeindrucken mit Gedichten. Sie kann nichts dafür, sage ich mir, sie hat die Schule abgebrochen, um in diesem Apart-ment herumzulungern und sich die Nägel grell an-zumalen.

Dumm sind die Menschen, sie sehen es nicht, wenn sie einer wirklich liebt. Ich werde es Ninni zeigen. Der *tropicale* Schmetterling ist mir nachgeflogen. Ninni fasst nach oben und will ihn fangen. Sie er-wischt ihn nicht und beginnt zu springen.

»Lass ihn doch«, rufe ich, aber die Frau hört nicht auf mich. Hundertmal springt sie hoch und fuchtelt mit den Armen, es sieht aus wie ein *aerobicaler* Tanz vor einer dieser Spielkonsolen. Wahrscheinlich hat Ninni auch in den letzten zwanzig Jahren nichts anderes gemacht als Karaoke und *Joystick*-Sport.

Und Sport macht sich bezahlt: Ninni fängt den Schmetterling, als er auf mich zugeflogen kommt und beinah schon auf meinem ausgestreckten Zeigefinger landen will, sie fängt ihn in der hohlen Faust, drückt dann zu, läuft ins Bad und betätigt die Klospülung.

Ist das denn nötig gewesen?! Aber bevor sie sich am Ende für den Schmetterling und gegen den Affen entschieden hätte: besser für mich so herum. Als sie wiederkommt, packe ich sie *aktiv* an der Taille und werfe sie zurück. Ich neige mich über sie, eine Sambageste, nur härter, nur zupackender.

»Ninni, sag nur ein Wort, und ich bin dein Junge, dein Schimmi, dein Affengott«, raune ich ihr ins Gesicht, und sie verzieht den Mund, weil ich, *»I know!«*, nach unverdauten *Schickibananen* rieche.

»Ich bin hier«, sag ich zu ihr, »um dir meine *Krallen in den Rücken* zu schlagen, chill einfach, kein Nein, meine Ninni, mache ich dir Angst? Jage einen *Schauer durch die Luft der Nacht?*, ist es so angsteinflößend, mich an deiner Schulter zu wissen? Grooowl ...« Ich beiße ihr ins Fleisch, sie schreit.

»Blitz und Donner könnten nicht kühner sein, ich werd auf deinen Grabstein schreiben: Danke fürs Abendessen, meine süße Orchidee, mein Maniokbrei, mein Kaktusschnaps.«

Das Ende dieser Textstelle habe ich frei improvisiert. Denn der Querflötenunterricht bei Ian hat nicht den gesamten Affenmonolog vorbereitet. – Sagte ich: Affenmonolog? Genauer: Monolog eines enttäuschten Affen. Gibt es denn noch einen Trick? Vielleicht einen Dialog?!

»Schimmi, was willst du?«, fragt Ninni.
»Dich li-li-lieben«, sage ich. Mein Telefon klingelt. *Dschungelmusik*, schon wieder.
»Mutter, ruf mich nicht an, nein –, ja, ich bin daheim, nein, bei keinem Mädchen. Was heißt Kreischen, welches Kreischen? Mutter, ich lege jetzt auf, ja, ich bin warm angezogen.«
Das war natürlich nicht die Art von Dialog, die bei Ninni auf fruchtbaren Boden gefallen wäre.

Vom Kreischen werden die Nachbarn, man sagt *auf den Plan gerufen*, und wollen mit Frau Ninni aus dem siebzehnten Stock in Dialog treten. Als es an der Tür klingelt, läuft Ninni durch den Flur, ihre Haltung ist *hysterisch*. Ich kann jetzt in der Küche gerade noch nach ihrer Katze greifen, kleiner Katzengott aus der Maschine, schön, dass du jetzt auftauchst, und Ninni ins Ohr zischen: »Alles in Ordnung, sag dem Klingler das!«, und mit einer Geste, die unmissverständlich ist, halte ich das Kätzchen am flauschigen Halse so, dass Ninni sieht, dass nur dann alles in Ordnung bleibt, wenn sie den Klingler auch abwimmelt.

»Tok-tok, Frau Ninni, alles in Ordnung?«, fragt der Nachbar, der natürlich ein Mann ist, ich hab das doch schon davor gewusst: Jeden lässt sie rein, nur ich muss mich zum Affen machen. *Bungle in the Jungle*, wieder läutet mein Telefon, ich schalte den Ton weg.

»Alles in Ordnung?«

»Njaaa, wiesooo?«, höre ich Ninni an der Tür zum Nachbarn sagen, diese falsche Schlange, das hat sie drauf.

Dann schließt sie die Wohnungstür, setzt sich zu mir in die Küche und zündet sich eine Zigarette an. Ich krame in meiner Unterhose nach den letzten Dollars aus meinem *magicalen* Fächer und werfe sie ihr in den Schoß. Sie wirft die Dollars zurück, versteht den Trick nicht und begreift auch die Marktwirtschaft nicht. Die blöde Katze läuft maunzend über den dreckigen Küchenboden und schmiegt sich an Ninnis Beine. Ninni streicht ihr über den Kopf.

»Ich hätte dir schon nichts getan, dummes Vieh.«

Und jetzt sollte ich gründlich recherchiert haben, was passieren kann, wenn man eine Frau wie Ninni reizt bis aufs Blut: wenn man sie provoziert durch diese affige Aufmachung, durch den angedrohten Katzenmord und mit einem Fächer aus Dollars.

Ninni raucht, dämpft dann die Zigarette aus auf ihrem Unterarm, »aber Ninni, tu das nicht!«, jetzt springt sie auf, rennt mir entgegen und knallt gegen meinen Bauch, kopfvoran. Tritt mir dann, Übung zwei, mit ihrer Glitzersandale in die Eier, die ich aber, »Himmel!«, durch die Unterhose, die Jeans und das Affenfell dreifach geschützt weiß und deren Schmerz, »also doch!«, mich dennoch nicht aus der Rolle fallen lässt.

»Wir«, sage ich zu Ninni, »du und ich«, und ich sage es sehr ruhig, »wir sind füreinander gemacht. Die Ninni und ihr Aff.« *Love, Laff, Laff.*

Die Ninni hat nur geschrien zwischendrin und auf meinen Bauch eingetrommelt. Aber ich hab ja, wegen der drei Lagen, das nur als Sanftheit wahrnehmen können und mich, schließlich, eher bestärkt gefühlt: durch ihre Hingabe.

Ich hab mit meinem *Inschtinkt* trickreich weitergemacht und zu ihr gesagt:

»Ich hab mit einem Alligator gerungen und einen Wal gewürgt, ich hab dem Blitz Handschellen angelegt und den Donner eingesperrt. Ich bin ein ganz ein Böser. Letzte Woche hab ich einen Felsen ermordet und einen Stein verletzt, einen Ziegel krankenhausreif geprügelt. Letzte Nacht hab ich den Schalter in meinem Schlafzimmer betätigt und war im Bett, bevor das Licht aus war.«

Und da hat es plötzlich so ausgesehen, als wäre die Ninni irritiert von meinen Reimen, nein, sogar interessiert daran. Ich habe natürlich verschwiegen, wem ich den alten Bannspruch geklaut hab, aber aus dem Geschichtsunterricht, ein zweites Mal doch aufgepasst!, hab ich schon gewusst, dass dieser Zauber Wunder wirkt.

Man hat in diesem kleinen Stück hier natürlich auf die Sexstellen gewartet. Und sie werden kommen. Ich verspreche mir viel davon. Aber erstens ist Ninni keine Frau, die sich von einer Schlägerei im Dschungel sofort beeindrucken lässt. Die hat schon ganz anderes gesehen in ihrem Leben.

Zweitens hat sie bald diesen dümmsten aller Sprüche laut ausgerufen: »*Was ein Mann schöner ist wie ein Aff, ist ein Luxus*«, und da habe ich mir ausgerechnet, dass ich nicht schöner sein kann als ein Aff, da ich doch ein Affe bin. Und Ninni benötigt einen schönen Mann, denn sie ist eine Luxusfrau.

Und drittens hat, während ich mir, ausgestreckt auf den Küchenboden, das alles überlegt hab, dann schon wieder mein Telefon geklingelt, und die Ninni ist einfach drangegangen und hat zu meiner Mutter gesagt, dass der Schimmi bei einem Mädchen ist und dass der Schimmi von diesem Mädchen soeben verprügelt worden ist. Dass er außerdem nicht arbeitet und keine *Fitamine* zu sich genommen hat.

Ich habe gehört, wie meine Mutter geschrien hat am Telefon. Aber ich bin bloß am Boden gelegen, *Knock out!*, und habe mir den Bauch gehalten, aus dessen Wunde das *Schickibananenmus* gequollen ist, glibberig und gelb.

Und dann hab ich mit der befellten Hand vorsichtig nach meinen Zähnen im Mund getastet, und da waren sie noch alle dran, die goldenen und die weißen, und mein Herz hat höher geschlagen als eine Trommel im Dschungel.

DAMN, YES!

Die Ninni ist natürlich richtig sauer gewesen, dass ich ihr die Türe eingetreten habe. Sie hat sich auch überhaupt nicht mit der süßen Mangofrucht, der Orchidee und dem Kaktusschnaps *identifizieren* wollen und hat mich daher bloß *halbherzig* verarztet. Aber ich hab ja bei unserem Kampf kaum Blut, dafür umso mehr *Schickibananenmus* verloren.

Das soll mir einmal jemand nachmachen! Sechzehn Stück *Schickibananen*, nämlich wieder und wieder. Die ganze Fahrt über habe ich mich damit *gedopet*, um *fit* zu sein für den *Act* bei Ninni.

Mit der Polizei wollte sie dann aber auch nichts zu tun haben. Angeblich wegen *illegaler Downloads*. »Aber Ninni, deshalb wirst du doch nicht gleich verhaftet«, hab ich zu ihr gesagt, aber sie hat sich nicht abbringen lassen von ihrem Misstrauen. So, wie sie den Nachbarn abgewimmelt hat, »njaaa, wie-sooo?, ich kenn kajnen Schimmi«, hat sie es auch geschafft, die Herren vom Einsatzkommando derart zu bezirzen, dass uns noch ein bisschen Zeit mit-sammen vergönnt war, bevor die Tür an diesem Tag ein zweites Mal eingetreten werden sollte.

Die Sexstellen, ich habe das knapp, aber *unver-schlüsselt* mit ihr besprochen, würden wir uns auf-sparen für einen regnerischen Tag in der fernen

Zukunft, jedenfalls müsse ich dann bereits *volljährig* sein. Und tatsächlich hat sie nicht *explizit* in *Sexualismus* eingewilligt, sondern einer Einladung zum Flippern in der Spielhalle zugestimmt. Mit Vorbehalt. Sofern ich wieder aus dem *Urlaub* zurückkommen sollte.

Zeit auch für eine kleine Rückschau, eine Bilanzziehung, einen Kassasturz?! Ich kann sagen, dass sich das Affenkostüm, obwohl eng, als tauglich erwiesen hat, zumindest im Vergleich mit dem Anzug, in den mich meine Mutter gesteckt hat. Man wird vielleicht auch in ein aufwändigeres Nachfolgemodell aus einem späteren Jahrzehnt *investieren* können, vielleicht sogar, mit dem nötigen Kleingeld in der Unterhose, in ein dann aktuelles Modell aus der jeweils laufenden Saison? Aber das ist noch *Zukunftsmusik*. Wo machen diese *Broker* wie mein Vater eigentlich Urlaub? Die Banker? Die Finanzdienstleister? Die Entwicklungshelfer? Auf den *Cayman Islands*? Dem *Waikiki Beach*?
Oder machen sie lieber einen Städtetrip? Nach Calais? In die internationalen Weltstädte! Nach Indien, Afrika, Asien! Safari, Wüstentour, ein Abenteuer im tropischen Regenwald! Der Dschungel ist überall.
Okay. Ich komme jetzt aus diesem Kostüm nicht mehr heraus. Nee, es sieht eigentlich verdammt gut aus. Doch, ja, ich lass es an. Und dann schau ich, wo

ich mir ein herrlich angerichtetes Cocktailglas besorgen kann, vollgefüllt bis an den gezuckerten
Rand mit *Blue Curaçao* und *crushed Ice*, dazu einen
schwarzen Trinkhalm. Gegen ein türkisblaues Pa-
pierschirmchen habe ich nichts einzuwenden, aber
Ananas und Kirsche?!

»*Are you serious?!*«

Saša Stanišić

Fallensteller

Erzählungen

288 Seiten, btb 71579

Zaubern im Gemeindesaal,
Kommoden zersägen in leiser Wut,
in merkwürdigen Wettkämpfen glorios gewinnen,
irrlichtern durch die Welt:
Erzählungen von Saša Stanišić

»Ein genialer Erzählungsband.
Von dem wird man lange reden.«
Denis Scheck

»Saša Stanišić ist ein Poet und Revolutionär.«
Rolling Stone

btb

Teresa Präauer
Tier werden

100 S., Klappenbroschur
ISBN 978-3-8353-3337-6

»Gelehrt« wäre sicherlich der falsche Name
für solch ein rauschhaftes, kluges und schönes
Gebilde. Dieses Buch will nicht belehren.
Es will Beute machen.

Philipp Theisohn, NZZ, 27. Oktober 2018

www.wallstein-verlag.de